冯仰操,江苏徐州人,南京大学文学博士。主要研究领域为近现代文学、民国地域文化。发表有《风景再现与诗歌变革——以新诗确立前后对西山风景的再现为例》《清末民初士绅形象的建构》《现代文学场与沈从文的经典观》等相关研究论文多篇。

民国分省游记丛书

海上行旅

民国上海游记

冯仰操 编

南京师范大学出版社

图书在版编目(CIP)数据

海上行旅:民国上海游记/冯仰操编. --南京:南京师范大学出版社,2017.8
ISBN 978-7-5651-3430-2

Ⅰ.①海… Ⅱ.①冯… Ⅲ.①游记-作品集-中国-民国 Ⅳ.①I266.4

中国版本图书馆CIP数据核字(2017)第156977号

书　　名	海上行旅——民国上海游记
编　　者	冯仰操
责任编辑	向　磊
出版发行	南京师范大学出版社
地　　址	江苏省南京市宁海路122号(邮编:210097)
电　　话	(025)83598919(总办公)　83598412(营销部) 83598297(邮购部)
网　　址	http://www.njnup.com
电子信箱	nspzbb@163.com
照　　排	南京理工大学资产经营有限公司
印　　刷	南通印刷总厂有限公司
开　　本	787毫米×1092毫米　1/32
印　　张	11.875
字　　数	171千
版　　次	2017年8月第1版　2017年8月第1次印刷
书　　号	ISBN 978-7-5651-3430-2
定　　价	45.00元
出 版 人	彭志斌

南京师大版图书若有印装问题请与销售商调换
版权所有　侵权必究

出版弁言

《民国分省游记》是以省及省级市为单位,用游记之形式来呈现民国历史文化生态之丛书。选文首重史料性,同时兼顾文学性与科学性。科学艺术类考察记,凡记载社会生活较丰富者,均酌情收录。故本丛书所收录之游记,并非皆是传统意义上之文学性游记。

丛书之推出,既想以史料之展示,来复原一些消失之历史细节,也想与读者一道重温先贤观察社会历史之角度与情怀,因此,丛书之核心是呈现细节与情怀,在内容上并不求全。

在整理游记资料时,我们确定了如下一些原则:

一、繁体字、异体字改为标准简化字,原文误植径改;模糊难辨之字,以□代替。

二、当时的习惯用法,如"那末""计画""莫有"等,今人理解不致产生歧义,故一仍其旧。

三、文中标点,在基本尊重原文的基础上,按今天的使用习惯酌情做了更改。

四、特殊名词术语和需要注释的词语,在脚注中以编者注的形式略作说明。

希望由此呈现的文本能得到读者的认可。

民国二十年,张元济赠傅增湘诗有句云:"我为古人蕲续命,更从新法试留真。"本丛书之出版,亦同斯旨。"续命",是通过"重游"来克绍先贤之徽猷,承续文化之慧命。"留真",则非仅为册府增一写真集,亦以待续命之人。

尽力而为,总是想多留几粒结缘豆。区区此意,读者鉴之。

南京师范大学出版社

民国游记中的上海印象

冯仰操

"浪奔浪流,万里滔滔江水永不休",伴随着《上海滩》的歌声,我有了最初的上海印象,那是一个冒险与传奇的空间,有法租界与夜总会,也有黑帮和大亨。多年后初遇现实中的上海,只是匆匆的一瞥,到处耸立的高楼,不息的车流,却倍感陌生与压抑。随着见闻略丰,读书渐多,累积了众多上海印象的碎片,其中,那岁月斑驳的民国上海依旧是最让人着迷的。

民国,略带沧桑的时代,上海,备显迷离的空间。那时,哪些人来过这闻名中外的魔都,在他们悠闲的凝视或紧张的浏览下,呈现了怎样的城市景观。带着这些疑问,我翻开泛着霉味的民国文献中的上海游记,在重重叠叠的游人叙述中,我看到了不同类型的城市地图,仿佛走过了很多地方的路,看到了很多已消逝的地标,感受了很多类型的体验,最终拼凑起只属于那个时代那些人的上海印象。

一

上海,在民国,在多数人眼中,是中国乃至远东的中心城市,是位列前茅的世界大都市。四面八方的人们纷至沓来,其中,有各种肤色的外国人,也有来自大城小乡的中国人。上海人口开埠时近52万,民国后猛增,1915年增至200万,1930年高达300万。此外,上海的各式水陆交通迎来送往,仅每年来沪的外国人就有约10 000人。[①] 如此多的人口刺激了上海的旅游业,单20世纪30年代出版的上海旅行指南便有18种之多。[②] 于是,有了形形色色的上海行旅,也产生了难以计数的上海游记。

络绎不绝的上海游人,不仅身份、背景、动机不同,

---

① 徐雪韵等编译:《上海近代社会经济发展概况》(1882—1931),上海:上海社会科学院出版社1985年版,第259页。
② 彭梅:《城市意象展示与旅行者感知——以20世纪30年代上海旅行指南为中心》,巴兆祥主编《旅游与城市发展》,上海:复旦大学出版社2013年版,第486页。

有政客、商人、学者、文士、学生,也有乡愚以及其他民间人士,有久居上海的上海通,也有短暂驻足的过客;有观光旅游的,也有工作、求学、考察或出于其他目的的,而且游览范围各异,遍及全市或聚焦一处。与之相应,大量的上海游记出现在当时的报纸杂志或专著上,如著名的《红玫瑰》(1924)、《良友画报》(1926)、《旅行杂志》(1927)常常刊载,其他的报纸杂志或专著亦间或有之。

漫游上海的人们,有不同的身份、背景或动机,也就有了不同的路线、焦点与体验。

作为上海常住民,徐蔚南、徐蓬轩、胡道静等上海通志馆成员是上海历史的发掘者,张若谷、徐国桢、林微音、郑逸梅、范烟桥、陈荣广等新旧两派文人是上海生活的描摹者,他们对上海往往具备深入的体验,能够从容不迫地观察与书写所在城市内里的精髓与脉动。其中,值得今人回顾的系列上海游记,见诸张若谷的《异国情调》、徐国桢的《上海生活》、林微音的《上海百景》等。

如梁得所,作为广东人,却长年在上海工作生活,任《良友画报》主编等。其在《上海的鸟瞰》一文中,记述了这样的一幅城市地图:黄浦滩—南京路—租界西南区—

城隍庙—北四川路,并对不同空间的功能加以确切的概括。作为都市生活的礼赞者,梁得所感叹上海老县城的保守,同时欣赏着租界现代化的活力,认为上海"是一个现代化物质文明的都会,同时是情调深长的地方"①。

作为上海的过客,为数极多,他们在短暂的驻足中,或随心所欲地游赏,或按部就班地考察,所作的上海游记,或事无巨细,或删繁就简,留下了初见者眼中的城市轮廓与棱角。其中,代表性的漫游或考察游记,见诸谢彬的《短篇游记》、杨应彬的《小先生的游记》、易健盦的《京沪漫游录》等。

如杨应彬,1934年尚为广东百侯中学的初中生,在游历上海后写成名著一时的《小先生的游记》。他以一个漫游者的姿态体验着上海的衣食住行,留下了这样的线路:亚洲饭店—南京戏院(黄金大戏院)—商务印书馆—闸北—大世界—红庙。作为十二三岁的学生,杨应彬感受到上海繁华的同时,也看到了外国人蛮横的姿态与不同阶层悬殊的生活。

---

① 梁得所:《上海的鸟瞰》,《旅行杂志》1930年第4卷第1期。

又如石评梅,崭露头角的"五四"新文学家,1923年作为女子高等师范学校的学生随团进行全国旅行,以考察教育为宗旨,写成《模糊的余影》系列文字。在《上海的一瞥》中,她展示了一条独特的考察路线:女青年会—中国女子体育学校—上海体育师范学校—沪江女子体育专门学校—务本女校—第二师范学校—美术专门学校—商务印书馆。石评梅,作为来自北京的文学青年,却毫不留恋上海的繁华嚣乱,反斥之为一片闹声的沙漠。

此外,让人印象深刻的,是众多外国人的上海游记。早在19世纪30年代,德国传教士郭士立(又译郭实腊)便几度经过上海,并著有《中国沿岸三次航行记》一书,内有上海的细致描述。之后,相关记载绵延不绝,蔚然大观。到民国,仅外国著名文人的上海游记,便有毛姆的《中国的屏风》、谷崎润一郎的《上海交游记》、德富苏峰的《中国漫游记》、村松梢风的《魔都》等,他们的文字往往带着某种预判,或惊鸿一瞥或浅斟细酌,在印证与比较中再现一个城市的别样风景。

如芥川龙之介,日本著名作家,作为大阪每日新闻社特派员于1921年3月抵达上海。在其后写成的《上海游记》中,其记述的主要路线依次是:码头—东和洋行—四马路—湖心亭—城隍庙—天蟾舞台—小有天酒楼—徐家汇—码头。作为谙熟中国文化的芥川龙之介,敏感而多愁,认为"现代的中国,并非诗文里的中国,而是小说里的中国,猥亵、残酷、贪婪","即便是对于没有真正见过西洋的我来说,这里的西洋也难免有些不伦不类"。①

以上的上海游记,几乎全出自知识精英的笔下。占了绝大多数的底层人物却是沉默的,但他们的生活,反被知识精英们所描绘。在很多上海游记中,南市、闸北以及租界的贫民窟是常常出现的场所,平民、苦力、乞丐等小人物也是重要的角色。知识精英们不仅观察,甚至代而言之,于是有种种的小人物游记,如程瞻庐的《村学究游沪报告》、赵梦龙的《阿土生游上海》、顾正学的《乡下人到上海游记》等。此类代言体游记,尤以乡愚游沪小说为突出,如赵仲熊的《乡愚游沪趣史》、贡少芹的《傻儿游沪记》、包天笑的《乡下人再到上海》等虚构了乡下

---

① [日]芥川龙之介:《上海游记》,《中国游记》,秦刚译,北京:中华书局2007年版,第18、31页。

人眼中斑斓的上海。但这些代言体游记,所折射的仍旧是知识精英的上海形象,并非处于霓虹灯外人们的真实行旅。

二

拥有同样背景的人们,往往拥有相近的城市印象,对于同一座城市,不同背景的人们就有了相差悬殊的城市印象。但人们所感知的城市,普遍存在着区域、节点、边界、道路和标志物等五种城市物质形态元素。[①] 对于游人而言,休闲娱乐空间最为引人注目,游记中频频出现的区域、道路、标志物方面的休闲娱乐空间,恰代表了民国上海最典型的城市意象。

区域,是一个城市内部中等以上的分区。民国的上海,有占据核心位置的租界,也有被其隔离开的南市、闸北、浦东等中国辖区,代表了两种异质性的政治、经济与文化空间。正如刘建辉所言,上海简直是一个马赛克城

---

① [美]凯文·林奇:《城市意象》,方益萍、何晓军译,北京:华夏出版社2001年版,第35-37页。

市,除了上述两种异质空间外,在租界内部也并存着法租界、英租界和美租界三个各不相同的空间。①

上海本身不断地扩张,其内部的区域亦不断变化,以至于宝山人的乡下人"决不承认自己是上海人,他们是道地的宝山人,要过了苏州河,才是上海县界;因此他们到南京路去,就算是到上海去的"②。但在民国游记中,游人所游历的空间相对集中,主要是租界与老县城。其中,老旧的县城与现代的租界作为两个迥异的区域,几乎是人们的共识。老县城,尤其以城隍庙为核心,被贴上中国的、传统的、民间的种种标签,而租界,尤其是以南京路为中心,则代表着西方的、现代的、上层的。在租界内部,以外滩、南京路、霞飞路等为中心的商业娱乐区,静安寺路等租界西南角的高级住宅区等不同功能的区域也被梁得所等熟稔上海的人们所清晰辨识。

道路,是城市中的主导元素,也是游记中频繁出现的城市意象。自近代以来,上海传统的街、巷、弄多被现

---

① 刘建辉:《魔都上海——日本知识人的"近代"体验》,甘慧杰译,上海:上海古籍出版社2003年版,第7页。
② 曹聚仁:《上海的成长》,《上海春秋》,北京:生活·读书·新知三联书店2007年版,第10页。

代的马路所取代。尤其在租界,现代的马路成为最重要的交通要道,无论是起初的大马路、四马路,还是改名后的南京路、福州路均名噪一时。

在民国游记中,众多的道路,如南京路、黄浦滩路(即外滩)、福州路、北四川路、霞飞路、外白渡桥、静安寺路等成为备受瞩目的所在。这些道路各具特色,迎合了不同背景不同层次的游人。其中,极度繁华的南京路,聚集了四大百货公司等著名的店铺,有"万国建筑博览会"之称的外滩,耸立着不同式样的高楼大厦,文化之街的福州路,集中了上海的报馆、书局、旅馆等,娱乐化的北四川路,排列着众多的影院、舞场等现代休闲娱乐会场,还有中西合璧的霞飞路,纵览十里洋场的外白渡桥,安静闲适的静安寺路等。

标志物,是城市中一个相对突出的场所,常被用作确定方位的参照物。在上海,众多的标志物散布其间,既有现代的高楼大厦,也有传统的庙宇楼阁。对于大多数游人而言,日常休闲娱乐方面的标志物最为显著,其中,著名的有四大百货公司、大世界、城隍庙、龙华寺、青莲阁、天蟾舞台、大光明电影院、跑马厅、国际饭店、和平饭店、春风得意楼,等等。

在众多的标志物中,名头最大的当属城隍庙与大世界,因其门槛低、花样多,故雅俗共赏,游人极多。城隍庙位处上海老县城内,供奉道教城隍等诸多神祇,1926年重修,常举行各种民俗活动,周边聚集了大量娱乐休闲商铺。大世界游乐场,位于法租界爱多亚路,1917年创办,内有中西雅俗各类娱乐设施。二者均是众多游人的必经之处,以至于当时流行"不逛城隍庙,不算到上海""没去过大世界,等于没去过上海"等语。

除区域、道路、标志物外,民国游记中常常出现的还有黄浦江、苏州河(吴淞江)等著名的边界。黄浦江,作为游人进出上海的重要门户,是上海的重要边界。而苏州河,则横贯市区,是商业区与工厂区、市区与郊区的分水岭。此外,民国上海的城乡界线连绵不绝,"即使在1941年,仍旧可以在三四小时内从外滩中段跑到一点也没有改变的农村地区。乡村相距不到十英里;水稻田和村庄,可以从市区的任何一座高楼大厦上瞧得清清楚楚",被称为"世界上最为轮廓鲜明、最富于戏剧性的边界之一"①。在黄浦江、苏州河、城乡分界线上,游人们体验着上海内外、租界内外、租界内部的多样景观,以及其后蕴藏的新旧、中西、阶层的融合与冲突。

三

民国的上海,作为规模宏大的现代都市,包罗万千,异彩纷呈,正如1935年西方人在《上海指南》中的描述:"令人惊异的悖论,难以置信的反差。漂亮,卑污,奢华;生活方式如此迥异,伦理道德那么不同;一幅光彩夺目的巨形环状全景壁画,一切东方与西方、最好与最坏的东西毕现其中。"②在如此繁复的上海面前,无论久居上海,还是短暂驻足,大多数人所见到的只是上海的某一角落或层面,最终体现在游记中的,也只是少数鲜明而深刻的体验。有的体验着繁华与摩登,有的体验着贫困与堕落,更多的是兼而有之,在大量的惊讶、欢喜、沉重、

---

① 参见[美]墨菲(R. Murphey):《上海:现代中国的钥匙》,上海社会科学院历史研究所编译,上海:上海人民出版社1986年版,第14页。
② 转引自熊月之:《历史上的上海形象散论》,《史林》1996年第3期。

厌恶中,隐藏着属于特定时代的若干立场。

上海,民国政治、经济、文化交融与冲突最剧烈的空间,尤其显著的是中西文化、社会阶层方面。在中西文化上,租界与南市有着强烈的反差,二者的内部同样如此,西式的大饭店、舞场与中式的酒楼、茶馆并列着,典型如法租界的霞飞路,中西两种式样的商铺泾渭分明地排列在东西两头。

在社会阶层方面,西方人与中国人,上层与下层,各有界限,反映在日常生活方面,如高级住宅与工厂棚户,大饭店与街头摊贩,西装旗袍与衣衫褴褛,均鲜明地对照着,也反映在空间方面,如南京路、城隍庙、福州路,分别代表了贵族的、平民的、混合的。

游人,很容易被一系列对比强烈的城市空间所吸引,继而被充斥着不同国族、不同阶层、不同文化趣味的杂糅空间所刺激。

民国一代精英知识分子,普遍受到民族主义、阶级理论的影响,很容易体验到上海空间内部的种种矛盾与冲突。如林语堂在《上海之歌》中淋漓尽致地痛斥上海是"东西浊流的总汇":

猪油做的西洋点心,与穿洋服的剃头师傅……失了言权的报章与失了民性的民族……巍立江边的崇楼大厦与贫民窟中的茅屋草棚,也想到你坐汽车的大贾与捡垃圾桶的瘪三……①

在上海游记中,很多人提及外国人,流露出对殖民势力的反感及作为弱国子民的屈辱。少年杨应彬进上海前,看到被摧毁的吴淞炮台,并在海关遇到外国人的搜查,深深体会到,"上海的繁华,实在因为充满了外人呵!于是外人的侵略,一天天地扩充了"②。常天亚等人进入租界时首先遇到的是耀武扬威的印度巡捕,在商务印书馆中竟被外国女子夺去座位。③

与外国人的压迫相比,不同阶层的隔阂更普遍地存在着。游记作者们常常在大段叙述上海繁华的文字中,夹杂着对妓女、黄包车夫、乞丐等底层民众生活的一瞥。他们注视下的底层民众,往往与某些特定的空间联系

---

① 林语堂:《上海之歌》,《论语》1933年6月16日第19期。
② 杨应彬:《小先生的游记》,广州:广东人民出版社2012年版,第34页。
③ 常天亚、李明睿:《上海租界印象记》,《乡村改造》1935年第4卷第12-13期。

着,如街头巷尾的妓女,码头的苦力,九曲桥上的乞丐,等等。他们是繁华上海的对立面,也被众多的休闲娱乐空间所排斥。公园,作为舶来品,本是开放性的公共场所,但从诞生之初便充满了排他性,甚至出现"华人与狗不得入内"的侮辱性公告。直到1932年,虽然公园对华人开放,但公园只是外国人与高等华人的出入场所,短衫朋友同样被拒绝入内。除公园外,其他娱乐场所同样如此,如杨应彬因身着背心,而被南京戏院守门人拒绝入内。

现代的上海,还酝酿了另一种崭新的都市体验,即审美地对待都市生活的一切。上海本土作家张若谷认为,"中国人实然太不知道都会是艺术文化中心地的道理,所以自己尽管一方面住在大都会里,而另一方面确在那里痛骂都会的一切",并主张"近代成功的艺术作品,大概是用都会的生活,作为描写与表现的核心的"[①]。这一体验投射在当时刘呐鸥、穆时英、黑婴等新感觉派小说上,也表现在上海的游记中。典型如张若谷,热情地为上海寻找世界的坐标轴:

---

① 张若谷:《都会的诱惑》,《异国情调》,上海:世界书局1929年版,第11页。

我们凡是住在位居世界第六大都会的上海,就可以自由享受到一切异国情调的生活。我不敢把龙华塔来比巴黎铁塔,也不敢说苏州河是中国的威尼斯水道。但是,马赛港埠式的黄浦滩,纽约第五街式的南京路,日本银座式的虹口区,美国唐人街式的北四川路,还有那夏天黄昏时候的霞飞路,处处含有南欧的风味,静安寺路与愚园路旁的住宅,形形色色的建筑,好像是瑞士的别墅野宫,宗教雾气浓郁的徐家汇镇,使人幻想到西班牙的村落,吴淞口的海水如果变了颜色,那不就活像衣袖海吗?……①

1949年后,跑马厅成了人民广场和人民公园,外滩公园竖起了人民英雄纪念碑,大世界成了上海青年宫,太多的地标消失了,或名存实亡。民国那代人的上海地图,以及那旧时的风景与隐现的情感,离今天愈来愈远了。幸好,在尘封的纸张里,老上海的风华依旧,游人的姿态依旧。

---

① 张若谷:《写在卷头》,《异国情调》,上海:世界书局1929年版,第9页。

目录

出版弁言 / 001

民国游记中的上海印象 /冯仰操/ 001

插图目录 / 001

第一辑　上海鸟瞰

上海印象记/Georges B. Maybon / 003

上海的鸟瞰/梁得所 / 018

上海租界印象记/常天亚　李明睿 / 031

上海游记/孙之俊 / 049

孤岛风月：上海印象记/忆　开 / 066

旅沪杂写/窦宗淦 / 096

死了的洋场——陷区进出记之四/徐铸成 / 108

第二辑　名迹览胜

上海名迹志略/徐蘦轩 / 117

上海公园志/秦理斋 / 130

龙华记游/田稻丰 / 152

游沪北爱俪园记略/承　祖 / 164

半淞园记游/林岳高 / 169

六三园之游/程寒鸦 / 174

也是园之春/郭兰馨 / 177

申园夜花园巡礼/泽　华 / 181

法国公园/心　佛 / 186

城隍庙巡礼/逸　子 / 191

上海的湖心亭面面观/张若谷 / 211

静安寺路素描/白　华 / 224

第三辑　日常巡礼

上海之旅馆生活/凌　云 / 233

吃在上海/钱一燕 / 243

一元之游上海/颠　公 / 265

新年在上海/梦　白 / 272

大都市里的赶集：上海静安寺浴佛节的庙会/宋　易 / 278

虹口小菜场/林微音 / 284

城隍庙的书市/阿　英 / 289

四马路书店巡礼记/石　郎 / 304

从南京路到福州路/徐国桢 / 308

都市风景线/俊　逸 / 315

东方巴黎的一角：大世界速写/佚　名 / 326

在沪西"俱乐部"/柯　灵 / 332

附　录
滑稽游沪小指南/赋闲居士 / 345

公共租界电车路线表 / 347

后　记 / 351

插图目录

图 1　法租界的沿河老街 / 007

图 2　1920 年的上海县城 / 010

图 3　空中导游上海 / 019

图 4　上海居留地面积扩展图 / 033

图 5　上海邮政总局 / 041

图 6　上海之夜:南京大戏院与新华跳舞场 / 055

图 7　火烧红莲寺剧照 / 060

图 8　黄浦江(木刻) / 067

图 9　上海永安公司夜景 / 072

图 10　霞飞路商务印书馆橱窗 / 078

图 11　大光明戏院 / 089

图 12　上海百乐门跳舞场 / 091

图 13　摩天楼 / 097

图 14　舞厅 / 099

图 15　黄浦江中的小渡船 / 101

图 16　文化街的小书摊 / 104

图 17　街头巷尾卖淫人 / 106

图 18　万国体育场钟楼被毁情形 / 109

图 19　徐光启墓 / 122

图 20　陈英士纪念塔 / 124

图 21　上海法租界普希金之像 / 127

图 22　外滩公园之鸟瞰图 / 139

图 23　公园开放声中之外滩公园园景 / 149

图 24　徐家汇天主堂 / 154

图 25　徐家汇藏书楼书库 / 156

图 26　徐家汇气象台 / 157

图 27　徐家汇天文台內部工作情形 / 159

图 28　龙华塔 / 160

图 29　爱俪园观鱼亭 / 167

图 30　半淞园一角 / 170

图 31　六三园之杜鹃花畔 / 175

图 32　也是园 / 178

图 33　申花园集团婚礼中的某新娘 / 182

图 34　法国公园 / 187

图 35　法国公园 / 189

图 36　城隍庙大门 / 194

图 37　中庭的大香炉 / 196

图 38　三十年前之湖心亭 / 212

图 39　今日之湖心亭 / 213

图 40　湖心亭图 / 218

图 41　已故漫画家黄文农氏所作湖心亭九曲桥之漫画 / 219

图 42　漫画家张乐平所作湖心亭九曲桥除夕景况之剪影 / 220

图 43　晓雾中的静安寺路 / 225

图 44　寺的里面,又是那样地古蕉清幽 / 228

图 45　静安寺路上被工部局剪去枝叶的榆树 / 229

图 46　华懋饭店 / 238

图 47　大中楼菜馆广告 / 245

图 48　一乐天 / 251

图 49　仝羽春 / 252

图 50　冠生园汽车上之食品广告 / 254

图 51　永安百货公司 / 259

图 52　上海风景:电车 / 267

图 53　公共汽车 / 274

图 54　静安寺附近摆摊示意图 / 281

图 55　虹口三角地小菜场 / 285

图 56　马路旁的书摊 / 298

图 57　棋盘街的商务印书馆等书局 / 305

图 58　20 世纪 30 年代的南京路 / 310

图 59　四马路印象 / 313

图 60　行将开幕之南京大戏院 / 321

图 61　大世界游艺场 / 327

图 62　当铺 / 340

图 63　上海电车路线图 / 349

第一辑 上海鸟瞰

上海印象记

Georges B. Maybon[①]

法兰西只是地平线上的一个黑点,船轮每转一次,就见他渐渐的沉没海中,沉没在渐趋消失的普罗文斯的蓝色的天空中。

船第一次停在绥特埠。我们经过了雷色布的铜像,经过运河的入口,沙漠,伊斯马利,苏夷士;最后,我们毕竟走过了这火炉样的地狱。但是红海和他的险恶的名誉,仍使我们感到恐惧,虽然到晚来,风过处,是令人觉得清凉的。以后一天天的是航行。

我们的船一天天的减空,像渐渐挤干的海绵一样。每次停船总有几个旅客登岸,还有枪械、鱼类及其他零星东西,同时也卸了上岸。船边的水线就渐渐的高

---

① Georges B. Maybon,游历上海的法国人,生平不详。本文原载《当代》1928 年第 1 卷第 1 期。

了起来。

在科伦坡、槟榔及新加坡,我们看到奇异的树木,与好看得像天神一样的长发的土人,在西贡的船埠上,挤满了人众。女人面上涂着脂粉,与法国一样,可是男人仍旧是面孔黄黄的。有些是肥的,有些是瘦的——样子正像是避暑地的情景。

以后我们迢远的长途过了英国的都市香港,最后乃到上海。上海住民二百万人,都不绝的为了万能的金钱而奔走争竞。除了纽约以外,在世界上要像这样竭力以求达此鹄的,要像这样集中其心意于单一的活动的,怕没有第二个地方了。真的,能够不为此阿堵物所迷的是很少很少,可怜呀旅客,他耳中所听到的只是叮当的金钱声——他再不能找到他所进去的金门了,因为这门只是开在外面的。

这是我们航程上的第四十天。在这里,所见到的,便是各地方所曾见的面孔。四十天来,我们像笼中的松鼠样移动着,——看着太阳向海中下沉,有时可以望见绿绿的陆地,睡着的时候因为船底的机器声,心中觉得懊恼。但是今天我们到了目的地了——上海,毕竟到了!

船在黄浦江的两岸中行过，波浪便向两旁激起，小船上的船夫似在恼我们的船的无礼。我们早远远的见到工厂的烟突了，河流每转，便愈加见的明白。煤烟缕缕，在平静的天空中飘浮。

我们的出入道上是一片喊声，骂声。旅程的最终所常有的喧嚣，激闹到了顶点。此时是七点钟，我们希望于午时到上海。旅行皮包是拍着踢着的用力的在盖，一个月前箱子的空处，现在都填满了东西了。小儿啼哭着，有劈拍的掌击声刺破繁闹的空气。安南人的茶房，装作不知道这回事的样子，前来表示帮助，但是到底因了他宝贵的助力，箱子得以盖上扣好，于是快活的船客就给他以加倍的小账。甲板上，远望的旅客，管自的立着，在观览平整的河岸，但见两旁尽是堆栈，码头——一种动人的红色砖瓦的建筑物，上面用大黑字写着所有者的名字——还有是纱厂丝厂，以及各色各种的工场。江中，是驳船，小火轮，帆船，各种声音搅成一片，成为一种可怕的嚣声。

最后，细索抛上我们的码头，系船于埠的长铁索开始转动。群众小心的暂时退开。船上的推进机停止了对泥水的拍击。一声最后的凄惨的汽笛声,跳板放下了,我们的甲板上就挤满了群众。

此时是八点钟,在这得任轮船徐缓的旁岸停止的异地,正喧扰着从睡眠中醒来的城市的闹声,是预备作工了。

这里一带,街道狭隘,屋宇低矮,所有的中国人似也比平常肮脏。工部局巨大的洒水车,把所有的灰尘都变成泥土了。有美国的水手,已醉或醉醒的,在调笑中国的女工。我们继续的行去,是市上了。房屋渐渐的高大,渐渐的整洁,街道也宽广了。我们走过一条桥,就到外滩——即俨然突出的外滩,在远东,没有个人不知道的外滩,也即是沿着黄浦,在风雨的日子,河水无力的拍着的广大的道路,也即是上海在这里显示其所有的财富之地。

岸上,这些三和土与花钢石的宫殿,伟大的银行建筑,便是从中国广大的省分,源源不绝的抽取金钱成功的。河上,是显露着巨炮的灰色的战舰,法国的,美国的,日本的,英国的都有。

法国方面的河岸,沿着外滩下去,比之其兄弟的,殊

图 1 法租界的沿河老街
(原载罗苏文《近代上海:都市社会与生活》,中华书局 2006 年版)

未免寒酸相了。我们的领事馆的斑驳的馆舍,正当我们的租界的入口。有年老的水兵,平顶帽歪戴在一边,疲惫而镇静的走过馆舍,在赏鉴这个光景。平直而整洁的霞飞路,直贯过我们的租界。这是很好看的街道,望去大似无穷尽的样子。

上海地方分为三大区。从北至南,有公共租界,法租界及华界——即县城,是普通一般人所叫的。我们的租界,北面是爱多亚路,在路这边的是双号,在公共租界那边的则是单号。至于南面,我们的租界以法华民国路与华界为界。

爱丹(Benoit Edan),从前的法国领事,我们真要谢谢他的刚强,使我们得保有了租界,因此发展成为自己的势力区。我们所经过的时期是多少的困难呀!英国的领事想出了一个巧妙的,正是英国式的方法,把条约所允许的租界都合而为一,在单一的统治下——实际上是英国,因为英国的人口占多数。爱丹立即明白将来要留一块地为我们飞扬国旗的地方,于是他,只有他一个领事是反对这计划的。所以那时,我们的租界所经过的境地,真是非常困难危险,并且,使这租界成为有价值的地域，还得费长久的困难的工事呢。当时的一切情形，都表示着我们与英国合并是有益的。真的，我们是可以依赖他的帮助，——这助力并不小，——但是英国海军的态度却始终是一种中立而观望的。

那时，在我们的租界，一家洋房也没有。六十二年过去了，每年都有新的变更。新的马路，次第修筑起来，新的房屋，也到处建起。河浜填平了，并时时有新的商店增设。现在，几于最新的发明，没有一种不被利用的。

世界上真没有个城市能如上海，没有个城市能与上海相比。在上海，是什么语言都通行的，并且，还可见到各式各样的建筑，自盎格罗萨森人的传统的红砖房子，至瑞士的别墅建筑，或者自巴沙特那（Pasadena）的奢华的巨厦到巴黎郊外最时式的别庄。

至于在华界，那里的人，其不讲卫生，简直比狗也不如。这好像中古时代的欧洲都市，四码宽的街道便是所谓马路。屋顶似乎彼此相倚的，狭隘的小店铺中，阴暗得实在有些可以。店中，有各种各样的东西——卷帘，明代的瓶，稀有的磁器，宝贵的宝石等。一切都是脏污到万分！巡回各地的小贩的卖糕饼水果的喊声，以及

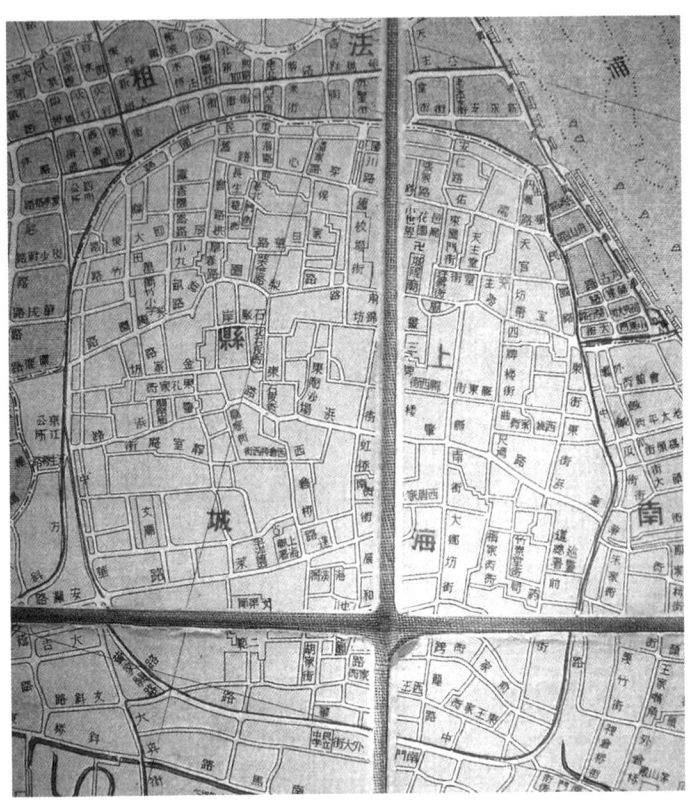

图 2　1920 年的上海县城
（原载 1920 年上海地图）

各种商人的闹声,响彻了全街。理发人粗声的叫着,在招揽他的主顾。还有小的铃声,还有背着重物的苦力叫行人让道的喊声。四轮的马车,一个马夫御着,坐上了六个或八个女人,轰轰然的行过狭隘的破碎的石板道上——在中国的街上,其中央大都是这样的石板。赤身露体的小瘪三,戴着红色的帽子,在一起玩耍,彼此竭力的辱骂,引得他们的大人都出来观看。苦力用绳绑着猪的脚在竹棒上抬着,猪的叫声杂着他们不和谐的"兴火!兴火!"的声音。中国的工人,当用力的时候,都是"兴火!兴火!"这样的喊的。

街上这种嘈杂的声音,形成了一片非常的烦嚣。真的,倘若没有这种烦嚣,中国或者已不是中国了。中国人多是不喜欢安静的,甚至都似怕安静的。他们做出闹声去引动善神,同时也做出闹声去驱逐恶神。在旅程之中,他们是烦扰不宁,在家庭当中,他们也如这样。当一个重要的人物到时,他们闹得不可开交,在这个人物走时,他们也如这样。结婚的时候,他们大家热闹,在送葬的时候,他们也如这样。我们常常可以看到一具棺木,前面导着一队中国的乐人,服装像市上的猴子,帽上插了一枝长羽,脚上是巨大的靴子,吹着一种毫无音律的调子,令人不期而想起 Viens Poupoule 或 Valentine。总之,是好听的音乐,还是悲哀的或愉快的音乐,什么都听不清楚,只是在远处能够听得这是乐声而已。

到了冬季,中国人大抵裹着厚重的皮袍,待至春天,皮衣除下,于是街上又现着假日的情调,可是乞丐穷困褴褛的样子,到底是损害这光景的。大概凡在五方杂处的都市,乞丐与盗贼的团体似乎是一种自然的产物,分支所至,直遍于各省区。乞丐与盗贼的营业范围,例由其推举的领袖指定。做贼的很小心,白天多躲着不出门来,但是乞丐则不然,他们多毫无忌惮的在街路当中阻碍交通,哀声的要求布施,像是在念祈祷文似的。其中大胆点的,自己做成可怕的创伤并仔细的保着脓肿的样子,由这样的惨状所引起的怜悯心,自然是带着嫌恶的分子的。

走出黑暗烦嚣的街市,到了一处城中的茶楼①面前。在那里,我们的军队曾经驻扎过许多年。茶楼前面的空地上是一口黑色的池塘,有白色的荷花浮着。茶楼的屋顶四

---

① 春风得意楼。

角,都是向上翘着的,装饰着各种花纹,在日光中别具一种情致。池上是之字形的奇异的桥①,你得小心的行走。

再远处单独的峙立着有一个塔②,一阵香烟与腐败的气味,使你的喉头都为之窒息。庙中信徒很少,在一个多手多足的神像面前,匍匐着一个女人,俯身在做祷告。接着一个灰色脏污的僧侣就鲁莽的收取了可怕的神像前的供物。

在有一条街上,两旁的竹笼,堆着到高与人齐。这是鸟市,笼中养着各种颜色,各种大小的鸟,有很奇异的,也有很普通的。有些是外国鸟,有些是变形,头比身体还大,二脚很细。还有的——便是愚陋的麻雀——在笼中眼灼灼的尽望他们的兄弟在天空中自由飞翔。

因为这一带的人都是以鸟为生的,到处是充满了生动激乱的气象。在这里,有鸟医,有小鸟商人,有制鸟笼的,有为笼鸟着色涂彩的,并有教鸟以歌唱鸣啭的。这种鸟教师,有些人,名誉很大,常从远地有人到他那里来受业。但是通常教课都不在那里,因为地方太狭小了。

---

① 湖心亭九曲桥。
② 城隍庙。

大概当早晨七点至十点,鸟课的音乐练习,多在公共租界跑马场举行。

忽地,一阵鞭炮的声响,接着并连续不绝。好闹的声响!这是新年,在半月中间,人们都不能安心的睡觉,因为大家都要想法子自己娱乐。这是阴历的新年,他们每年乘这时候,来庆祝照例的七月十四。他们伟大的游艺,伴着的是始终不绝的宏亮的铜锣声。

在这天,所有的店铺都关了门,除出那少数因为主人的贫困不得不破除常例以外。但是扰扰街上的小贩,却比平时更多。他们所卖的货物各各不同,喊卖的声音也彼此悬殊。有些陈列着一个简单的最初的中国式的竹轮,令人旋转,运气好得胜的便可以得到一只上等的茶壶。有些则在门外摊上售卖食品。炮仗的声音始终不绝。当然,制造炮仗的商人,在这幸福的地方,是获利不赀的。

市上到处是四人的汽车,载着中国的男女在游行,都是想显示其不跌出车外的高妙的手段的。汽车夫并不知道他们要到什么地方,只是随意的驶去。至于一辆车上的人数,大概把其本来的座位三倍,那末便相差不远了。但是有些汽车的机器,载不了这许多的快乐,顽强的车子弃下了他的车轮以示反抗。突然的,这个弃下的车轮转了开去,碰着了在步道上走着的态度雍容的一个胖子,他跌倒了,于是引起了一般人的大笑。

到了夜间,尤加热闹到顶点。一般人都是睡过早晨的,在晚上似乎全个城市都醒觉了。不论老的少的,都是这样。那些在洋人店铺中做事的西崽,只得歆羡的望望他们享有特权的同胞。此时,到茶楼去的人比平时为多,闹声也比平时为甚。女人咕咕聒聒的谈说着。鲁那公园式的上海游乐场,用着堂皇伟大的名词,如 Le Nouveau Monde(新世界)或 Le Grand Monde(大世界)!挤满了人众直到街上。常时有等待进去的人,挤到百余码的地面的。但是,在外面等着,总得寻寻开心,于是便在邻人的脚下掷花炮,砰的一声,群众的笑声哄然了。至在公园中,则常可见到快活的中国青年远远的随着行过的女人在调笑。总之,在这群众中,却是充满了纯粹的高兴的。他们的笑声很清晰,而他们红蓝绿色的衣服似也是令人取笑的东西。大概颜色愈浓艳鲜丽,便是他们所最喜欢的。

最漂亮时髦的女人,头戴着平顶而巨大的黑色或黄色的帽子,却要算时髦的。像小孩样的装饰的信条,颇得许多聪明人的信仰。他们都是自己觉得比中国各大城的人有更多的权利,而少义务的。

在新年,一般人都自寻乐,我们到处可以见到。赌博可说是中国最主要的国民的情感。没有一个中国人,不醉心于此道的,不管他的年龄,社会地位或财产是怎样。什么都可用作赌注——如赌着数橘子中种核的数目,或在一定的时候在一定的地方走过的人数。几分钟间,一个苦力也许输了他一月来的储蓄。店铺中的小伙计则如这样输了他的薪金,银行家则输了他的财产。总之,中国人是无时无地不赌博的,在吃饭时,在戏院中,在演戏间,在车子上,以及在办公室中。

当帝国时代,最得中国人喜欢的一种赌博,形式很特别,这正像我们法国人在赌谁是进大学院的候补人一样。全个中国,都要来加入这巨大的赌博,在各府各县,竞争的人,他们的姓名,公布给大众,结果既然揭晓,便由加快的探报,把得胜中取者的名字,传遍全国。现在,一般人的赌博只限于谁是得被征入阁的,其狂热兴味,是大非昔比了。

上海,在先前曾以巨大的商业,辽远的发展,及无可计数的财富为世所艳羡，但是现在似没有这样可值得夸耀了。目前的上海，正在受一种困难的经验。上海现在是已变成军营了，从世界各地来的军士，正在做种种的防卫。这种军士，有法国的，英国的，意大利的，葡萄牙的，美国的，印度的，日本的，安南的。铁甲的汽车像雷样轰轰然日夜不绝的驰驱街上。马路转角，堆着沙包。凡是通外国地界的道路，都障阻着铁丝网。战壕掘好了。军号声悲凉的吹着。和平的住民，都感到了争战的空气。每天船到，总有千百的军士，大炮，帐幕，战时医院，卸上了岸。

但是，乐观主义，仍然保着势力，上海的民众远望着将来，或者忍耐的，或者不耐的，但没有性急暴躁的，都觉得昔日金迷纸醉的和平的上海，是会重来的。固然，免不了有许多变更，但是上海当依然继续他暂断的职司，换句话说，即不以太平洋上的女王为满足，必将更进而为全世界一等的大商埠的。

（原文载去年十月十五日之 *La Nouvelle Revue*，是巴黎共和党文艺与政治的半月刊）

上海的鸟瞰

梁得所①

一 如此上海

申江的潮流,四时不停地滔荡于黄浦滩边,大小轮船像马路上行人一般来往不绝,汽笛的声音,也就一高一低、忽远忽近的相呼应,加上江海关布告时刻的钟鸣,一切复杂的声浪,把空气撼动了。

我们对于上海的感触,印象最深的应是黄浦滩。因

---

① 梁得所(1905—1938),广东连县(今连州)人。早年曾就读于山东齐鲁大学。1926年秋应邀出任上海《良友画报》主编,达七年。1933年秋辞职后,与人在沪创办大众出版社,先后主编《大众画报》《文化》《小说》《时事旬报》。1937年夏回邑治病,次年8月病故。著有《得所随笔》《未完集》《猎影记》《中国现代艺术史》《近代中国绘画》等。本文原载《旅行杂志》1930年第4卷第1期。

图 3　空中导游上海
（原载《上海图画新闻》1946 年第 12 期）

为我们旅客无论来自于太平洋、大西洋、长江、珠江或渤海,大多数由黄浦滩的码头踏上上海的土地。尤其不能忘记的,将到而未到时,渐近渐清楚地望见江滨的大建筑,相连峙立,仿佛并肩比高。这些洋房的面前,蜿蜒着一条宽敞的堤岸,车马驰逐其间——一瞥之下,我们就确信上海是东方第一大的都会,而且在世界重要商埠当中,不出六名外。

都会,是现代人力创造的一种成绩品。在东方精神主义者心目中,对于物质文明,也许表示不满。这未尝没有理由,就举上海的黄浦滩来讲,堤岸虽也有几丛树木,可是舟车喧闹,把鸟儿吓得不敢栖止,天然的地土,被人工修改,完全失去了本来面目。只见货物上落,人事匆匆……人是感情的动物,在这个物质的环境中,感情仿佛有隐灭之忧。

其实不然,黄浦滩是一个很有诗意的地方。

车到黄浦滩的时候,东方的天上,已渐渐起了金黄色的曙光,无情的太阳不顾离人的眼泪,又要登上她的征程了。

上面一段，就是郭沫若在《歧路》文中，写他送妻子回日本去的光景。别离，别离，黄浦滩是多少离人临别依依的地方，无数离人的眼泪，滴落江中往海流。多少年老的慈母，送儿子到外洋去，今生不知有无再见期。多少青春情侣，此番断肠之后，不知千里之外，伊人是否境变情迁。多少朋友，握手告别，虽不至于呜咽，总觉一阵怅惘涌上心头，不由的轻叹聚散如浮萍。

同时，黄浦滩又是一个欢遇的地方。登岸的旅客，和江干相接迎的人，虽在烈日之下，或在阴雨中，他们都一辈子的欢容满面。

黄浦滩的景色，足以代表上海，使我们知道她是一个现代化物质文明的都会，同时是情调深长的地方。

二 世界知名的路

上海重要马路的定名，有一个通例，但凡南北横线取省名，东西纵线取城名，由黄浦滩朝西直上，最大的一条路，就根据现在的首都而名为南京路。

上海之有南京路，好比中国之有上海一样明显。这条路名处处有人知道,一则"南京"两字很易记(日本土话竟称中国人做"南京样");二则自从五卅惨案之后,南京路在历史地图上划上一条红线;三则——根本上说——南京路是商业繁华的中心点,正如苏梅女士作的《南京路进行曲》当中几句说:

> 飞楼百丈凌霄汉,车水马如龙,南京路繁盛谁同!天街十丈平如砥,岂有软红飞。美人如花不可数,衣香鬓影春风微。

这条路的商店,店面装饰很讲究,宽大的玻璃橱窗中,五光十色,什么都有。读者诸君,也许有的是暂留上海的旅客,不妨在灯火灿耀的夜间,溜览两旁橱窗,足以增加美术兴味和货物见识,获益一定不浅。即如前几个月我到日本东京,一连几晚散步于银座大街,仔细玩味一般商店的陈设,所得的意趣和益处,比较参观任何工厂或学校,丰富得多了。

中外通商事业,使上海成为世界有数的都市。无论那一国,与异邦最多接触的地方,必最发达。所可惜者,中国商埠之开辟,由不平等条约产生。尤其可惜的,我们经济落后,对外营业的权利,进出比对起来,总是吃亏的。通商愈发达,我们经济损失愈大,与欧美日本成反比例。长此以往,倘若工业不极力发展,整个的国家,就一天比一天贫穷,一年比一年困乏,这就是民生前途的隐忧。

三　汽车和家庭区域

南京路之西南,由英租界的静安寺路通善钟路而入法租界,这一带,是大部分外侨和华人富户的居留地。马路因行人稀少,愈觉宽敞,空气也就清爽得多,尤其是深秋的黄昏,落叶逐西风,着地有声,斜阳微弱的余晖,把路旁两列树木的影子投在地面。此处离南京路不远,而景象竟然两样。

这一带行人虽少,可是每日上工和放工的几个时刻,千百汽车连串往来。因为西南一区,既多商家住宅,来回于家庭和办事处之间,汽车之多,是必然的事。

胡适博士说过,看汽车的多少,可知文明程度之高下,这话很有相当道理。虽然在只有大贫小贫的中国,汽车似属贵族奢侈品,可是根本说,坐人力车比坐汽车奢侈得多,因为世上最宝贵的是人的精力和时间,那么,坐人力车既费时间,又耗人力,而汽车只须拨动机器,烧多少油,事半功倍,岂不是经济得多吗?

记得从前编《北伐画史》,收到一幅国民军在郑州欢迎冯玉祥的照片。摄影记者来信述说,当时冯玉祥不肯上汽车,终于由张发奎等把他抬上去。后来冯氏到了南京,据说,他见中央政府有十四辆公用汽车,便对谭主席表示觉得太奢侈,谭主席不忍驳他一片俭朴心,只劝他到上海逛逛,意思他若见过上海的情形(尤其是在下午一两点钟到静安寺路看看),就不会觉得中央政府汽车太多罢。冯玉祥之不肯坐汽车,与士卒平等的精神,是我们所钦佩。至于说到中央政府十四辆汽车也太多,那堂堂中国未免太可怜了。照这样推论,现在与俄罗斯打仗,也不要用机关枪吧,因为机关枪每杆千多元,很奢侈。要说俭朴,何不购用从前每杆十元的老式火药铳?工欲善其事,必先利其器。据现在的统计,美国机器发达,一个人的生产能力抵当我国三百人。我们人口,虽比他们多三四倍,而生产力只等于他们几百分之一,因此我们天天落后,因此西北人民要吃树皮草根,就算中国人所有汽车都卖了,拿那笔钱去赈济西北饥民,可是那笔款转眼销尽,结果仍要吃树皮草根。平等的目标应该把低者提高,使人人都得享受。我们对于有汽车的人,不希望他卖车济贫,只希望他们特别努力谋生产,渐渐影响所及,使将来汽车变成鞋袜椅子一般平常,人人有饭吃,更不在话下了。

《旅行杂志》辑者叫我讲上海地方,上面一段不觉撑横了,实因不能已于言,离题之处,请阅者见谅。

且说上海西南一带是住宅区,与商业区分离,原有一种好处,那便是家庭生活和职业生活划分清楚。旧式中国的衙门和商店,往往与住宅合在一起,弄到办公的时候,可以听闻妻妾儿女的喧声。放工的时候,自然不乐于等在家里,结果家庭快乐和办事效率两相牵累,实在是最不上算的事情。关于这一点,希望组织新家庭的特别注意。虽则静安寺路和法租界华丽的洋房,不是人人所能设备,但大小不拘,总要造成一个有家庭意味家庭,那么白天尽管疲劳,一回到家里就身心安适,正如一首流行曲 My Blue Heaven 的几句,所谓:

You'll see a smiling face,

A fire place,

　　A cozy room;

A little nest that's nestled,

　　Where the roses bloom.

室内围炉谈笑,

　　屋虽小,

　　十分舒畅;

好比花园不在大,

　　有花自然香。

四　乌龟池畔

　　法租界之东南,是上海城的故址,这个区域大概以城隍庙为中心。在五国势力共管的上海中,南市是纯粹中国所有地,市政警政都由上海特别市政府办理,而且居民习尚,颇能保存本色古风,所以外国游客到上海必到那里观光,尤其必到城隍庙,看许多善男信女烧香问卜,或上庙旁的茶馆参加啜茗。——余生也晚,反正以前还是四五岁的小孩,对于前清的景象不大了了,可是看城隍庙现在情形,使我幻想,此间三二十年来,无大变迁,除了男子头上没有辫之外,其他景象,也许依然如故。

城隍庙里有一度九曲桥,桥下一个泥池,里面养着千百乌龟。据说他们居留的年代,和池畔许多家族居留年代一般,非常长远。这话说来不大好听,似乎有点侮辱嫌疑,可是不客气的说一句,看城隍庙左近没有新气象,就知道大部分居民守旧,但凡守旧而进步迟慢的人,就像乌龟。虽然住在那里的不是人人如此,并且据我所知其中还有几个很有新思想的学者,但鸟瞰而看,这一区的状态,比上海其他区域,至落后二十年。南京路许多店面燃着新发明的 Neon Light,城隍庙仍旧挂起红灯笼。新书新报在中区北区畅售,而城隍庙左近一列书摊,都是卖旧书——卖那只可当作古宝珍藏而与切实人生无大关系的旧书。

再放宽点眼光,所谓中国古风,和世界趋势比起来,有如龟兔竞走(非古典的)。我们蠕行,别人飞跃,飞跃者愈跑愈快,蠕行者反有睡意。别处飞机也嫌慢,九曲桥上的老先生,却还拱手弯肩而闲步。当国际科学大会演讲讨论,劳动政治会议场中正在雄辩的时候,城隍庙旁茶馆上的大国民,泡了一壶菊花龙井,嗑着瓜子,一唱三叹的说道:"浮生若梦,世事如烟,吾辈游戏人间耳。"

五 "生之欣悦"之街

苏州河之北,以邮政总局为起点,直通到虹口公园,这条大路名为北四川路,也就是我现在所称为"生之欣悦"之街。

若问上海那条路最繁盛,当然首推南京路。然而北四川路仿佛"楼不在高,有人则灵",单以都市生活为观点,北四川路在上海应该首屈一指。这条路一带,影戏院不下十间,跳舞场十余所,食物馆——尤其是广东食物馆——大小不计其数。

这条路丰富而不单调,不但什么商店都有,就是礼拜堂也有五六处,数目为其他各路之冠。还有一个特点,几间有名的中小学校开在此地,每天许多男女学生往来,把这条路点缀的分外生色,足以消除市井气。

这条路是开心的,试举小例。即如有一间卖凉茶的店子,出一张布告说:

> 百物腾贵,犹火之向上也;铜元跌落,如水之就下矣。凉茶加价,乃水长而船高焉。诸君赐顾,岂因此而怪意哉!

又如一个下午,偶然看见石像店前一堆人围拢,原来那摆满裸体石像的玻璃窗贴了一张咸诗布告:

> 矾石制成死美人,过路诸君莫当真。
> 若将裸体思淫欲,贻害终身千万人。
> ——有心人谨白

诸如此类,总之这条路不是板着面孔的。

入夜后,经过跳舞场外,也许能够听闻里面的乐声,奏着最近流行的"Broadway Melody":

> Don't bring a frown to old Broadway,
> You've got to clown on Broadway,
> Your troubles there are out of style,
> For Broadway always wears a smile.

A million lights they flicker there,

    A million hearts beat quicker there.

大路行人勿皱眉头,来到此地莫忧愁。

长叹短叹太不时髦,这条路一向笑容好。

百万盏灯火闪闪照,百万颗心儿勃勃跳。

上海的夜生活,北四川路占重要位置。本来醇酒妇人,狂歌达旦的生活,是个人主义的享乐,未免过于自私,但总好过到四马路青莲阁等处去泄欲,并不是道德高下的问题,实因狂歌醉舞的人有"生命力",一旦施于正当用途,就大有作为的。

我在上海居留,不觉三年了,办事和寄寓的地方都在北四川路,对于都市生活,自然有相当了解。然而邦国多难之秋,生平恩仇未报,狂醉尚非其时。孤灯之下,草完此文,想起此刻北四川路的夜生活中,许多青年正在表现他们无从发泄的生命力,我相信,本着生之欣悦的精神,我们都可以做时代的前进者。

一九二九,寒冬之一夜

上海租界印象记

常天亚　李明睿①

一　引　言

凡是多少有些常识的人们，大概都知道上海是中国政治、经济、文化的中心，是东亚最大的商埠，除了英国的伦敦，法国的巴黎，美国的纽约，德国的柏林，恐怕很难找到像上海的繁华。但上海的发展是畸形的，而不是内发的，是受了帝国资本主义者的庇护形成的。三百年前，上海还是一片荒芜的乡村，到了现在，曾几何时，这荒芜的乡村，竟成了远东第一大都，为国际资本主义者的市场，真叫人震骇！

---

① 常天亚、李明睿，生平不详。本文原载《乡村改造》1935年第4卷第12-13期。

二 上海租界设立的原因

在清朝乾隆二十一年(一七五六年)的时候,有东印度公司比谷(Pigou)来沪考察,即知为通商要埠。归国建议英政府,进取上海为远东通商的枢纽。数年后,曾派人来,调查上海一带的形势,并有开港通商的要求。都被驳斥,不得要领而归。道光十二年(一八三二年)又有东印度公司林德塞罗夫(Hugh Hamilton Lindsay)向中国运动沿海各口悉通商开港,至上海被武力阻止,不能进展,逗留吴淞口半月有余,毫无成效,只得扫兴而归。但上海港口的形势已被英人侦悉,开港通商之心,如大旱望云雨。到了道光十九年,鸦片战争起,英将巴尔克(William Parker)于一八四二年,率舰攻破了吴淞和宝山,上海随失守。翌年议和,南京条约成立,除割地赔款外,上海便为五口通商之一。当时仅指定沿黄浦一带,为外侨居留地,面积约为一百八十英亩。厥后法美人垂涎三尺,遣人赴粤请求,耆英老朽,果奏准其请,遂以洋泾浜南至城河浜为法租界,虹口一带为美租界。一八四八年,

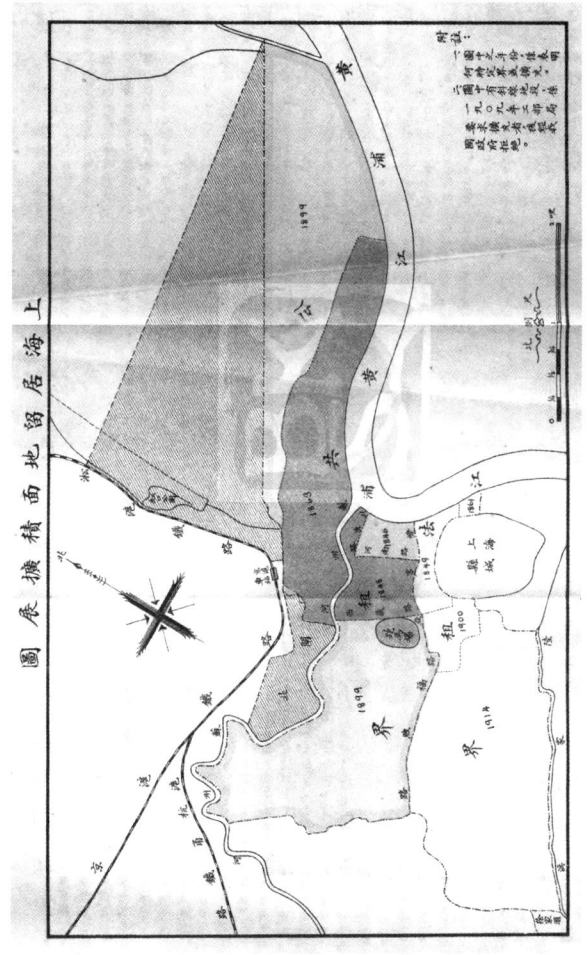

图4 上海居留地面积扩展图
（原载《国立中央研究院社会科学研究所专刊》1933年第8期）

英人又推广面积,增加到四百七十英亩,从此以后,逐渐推广,租界的面积便成了现在的今日。事实上成了国际帝国主义者侵略中国的大本营。

三 上海租界的区域

谈到上海租界,谁都知道有法租界及公共租界,但是我们要问:租界的区域究竟有多大,为什么又有法租界及公共租界的划分?恐怕有大多数人不能回答这个问题。简单说来,法租界是法人专有的租界,外人警察权所不能及;公共租界系对法租界而言。凡外人警察权所及之地,除法租界外,皆公共租界。统计租界的区域:东自杨树浦迤东之周家嘴,西至叉袋角,北至北四川路,南至小东门外之陆家石桥及西门外之徐家汇路,均为外人租界地,中国警察权毫不敢过问,言之痛心,为我后人哀之!现在我们再看看他的人口吧。

四 上海租界的人口

我们知道人口是时常变动的,统计是很不容易的。在租界里的人口变动格外厉害。为阅者明瞭起见,仅列说明于下:

区域＼国籍	华 人	外 侨	合 计
上海市政府	1 744 720	9 790	1 754 510
公共租界	971 397	36 471	1 007 868
法租界	421 885	12 922	434 807
总计	3 138 002	59 183	3 197 185

看了上表,上海不仅在全国各都市中要算首屈一指,即与世界各大都市相较,亦占世界第四位。观下表即知。

都 市	国 籍	人 口
伦敦(London)	英吉利	7 742 212
纽约(New York)	美利坚	6 068 484
柏林(Berlin)	德意志	4 013 588

续表

都　市	国　籍	人　口
上海	中国	3 183 395
芝加哥(Chicago)	美利坚	3 157 868
巴黎(Paris)	法兰西	2 838 216
大阪(Osaka)	日本	2 333 800
东京(Tokyo)	日本	2 218 400

上海三百多万市民,大部分是四方八处,集合拢来的,土著最多亦不过四分之一,租界内的土著更少,其中以江苏人最多;公共租界内计有500 576人(上海土著在内);法租界可惜无统计数字,不得而知;其次就是浙江人,广东人更次之。外侨以日本人最多,公共租界计有18 478人;法租界计有318人;其次为英国人,公共租界计有6 221人,法租界内计有2 219人,其余各国外侨不多加叙述。我们在这数目字中,很可以想像到日本在上海的势力,我相信大家深刻的还记着"五卅惨案"和最近"一·二八"血战的事情,稍有血性的人永远是不会忘掉了我们最大的仇敌。

五　上海租界的行政机关

上海租界行政系统可分为两方面来说:即公共租界及法租界。先就第一方面言之。

（A）公共租界的组织

公共租界的行政机关,分议决机关和执行机关二部。议决机关为纳税人会议。凡地产价格在五百两以上每年纳地税十两以上或赁居房屋每年在五百两以上,而纳房捐者,都有参加会议的资格。执行机关为工部局,董事会。当选的资格,为每年纳地税五十两以上,或房租一千二百两,而纳房捐者,其名额为英人五名,日美人各二名,华人三名,共计董事十二名,任期为一年,皆名誉职,总管租界内行政事项。

（B）法租界的组织

法租界的行政组织与公共租界不同,因为公共租界的工部局与领事团虽有相当关系,但仍不失为独立的机关。法租界的工部局,是在法领事的统辖之下,如警务处、义勇队、消防队等,都是直隶于法领事,而不属于工部局,一切行政事项,自然要叫法领事去办理,工部局是没有多大的权力的。

中国人居住在中国土地内,不能受中国政府的权利而义务,一切都被外国人来管理,受外人的桎梏,外侨居住在中国国境内,一点亦不受中国法律的制裁,在世界上恐怕没有像我们的国家一样,绝对的找不到有这种事情。人家说我们国家不是一个独立的国家,这是千真万确的。我们不要讳疾避医,一直鬼混下去,应该有真正的自觉心自信力,领导大家的本领,抱定最大的决心,来干一下,才对得起自己,抖一抖精神,一学那德国,把一切不平等条约撕毁,不留一点痕迹,才不愧当一个青年勇士。

六 上海租界的交通

租界的交通是最便利不过,而且是上海顶繁荣的地方,华界真是望尘莫及。其中马路纵横交叉,数是数不清的,仅就其精华所在,举出几条马路来作代表。

(A) 南京路

南京路亦称大马路,在公共租界区域内,是上海最热闹的地方。这条马路自东徂西,全部通用长方形小木块砌成,路面非常的平坦光洁,为租界建筑最讲究的道路。上海最大的百货公司,例如先施公司、永安公司、新新公司,三大公司,都建筑在这条街上。著名的国产公司,有三友实业社、家庭工业社、广生行、冠生园等,亦在这条马路营商。顶著名的国际饭店,二十四层大洋楼,亦跑了这个圈子。总之,摆在这路上的多是头等的角色,有的是好门面,装璜的五光十色,有的高大的洋式房子,几乎要与太阳接吻。路上来往的电车、汽车、黄包车……自朝至暮,联络不绝如织,全市的精华,都汇聚于此。

(B) 霞飞路

霞飞路在法租界区域内,路是非常的直,两旁的树木最整齐,风景极其优雅,顶适合于富人的口味。在那绿荫的笼罩之下,有许多新式的小商店,布置倒很精致,顾客十分之九,是摩登的女子。先前这条路是富人官宦的住舍,商业并不发达,现在就与昔不同,附近有大赌场,回力球场,跑狗场,一挥就是几十万金;还有著名的国泰,巴黎的电影院;更有那咖啡店,摩登的少男美女,携着情伴坐在那里,听着窈窕的西洋少女播送的音乐入耳,尝受人间的秘密,他们那能知道中国有大多数人没有饭吃,国难日日的严重,到了气息奄奄的时期。此外,尚有按摩院,中西样式俱全;还有洋化的秘密场合,专供少数华人发泄性欲。总而言之,这里是富有法国式的风味。

(C) 北四川路

走过了苏州河,见一座崇高的大洋楼矗立于北岸,那就是邮政总局的所在,正是北四川路的起点,直至虹口公园才止。此路的管辖权,表面看起来,操纵在公共租界工部局手里,实际上是日本人的大本营。在这条道路上,有许多妓院、按摩院、跳舞厅、咖啡店等,有人说这是神秘之街,的确是不错。到了夜里,有许多摩登女子,穿着红红绿绿的新花样的衣服,十足的带着迷人的妖态,活动特别的厉害,许多的公子哥儿们,小姐姑娘们,都爱在这里消磨他们的生涯,享受异国的情调,他们岂知到这里是日本侵略中国根据地,更忘记了朝鲜的大汉,炸死日本大将白川于此。他们真是"商女不知亡国恨,隔江犹唱后庭花"。

图5　上海邮政总局
(原载1935年《启新洋灰有限公司三十周纪念册》)

七　上海租界商业的今夕

某夕的晚上,现在南京路街口,东张西望,只见千千万万、红红绿绿的电灯,照耀着大洋式房子,非常的显明漂亮,璀璨着街市,简直如布了满天的星网,我们几疑置此身于璇宫琼宇。路旁的大公司,小商店,真是林立了又林立。我们仔细观察,则见大大小小的商店,如出大殡一样,门口都写着:"不顾血本,空前大牺牲,千载的良机,万不可失",又写着:"大拍卖,大减价,买一送一……"等等一类的名词,门旁还标着新奇的花样,翻来翻去,这些都是引人入胜,叫给他们送礼。我们看见这种情形,倒觉得怪可怜。据熟悉上海市情的人,告诉我们说:"今年这三个多月的商品,价格在跌,为数十年来所未有。"这种情形,依我个人眼光来看大概不外两个原因:是受了世界经济的恐慌和国内的农村的普遍破产的影响。从表面看来,上海的商业是非常的发达,各家都装潢的好看,表示他们曲线美,其实内部早就害了贫血症,血脉有些周转不灵,恐怕他们不久就要关门大吉,短命而死,这是危危乎乎可畏!有什么办法呢?

八　上海租界的娱乐

我们在上面曾经说过上海的不景气,但是有几件事业例外,那就是娱乐的场所。许多的人们都来此留恋,迷魂终身,葬于花天酒地之下而不知返,溺于地狱而不自觉,这是很可惜的一件事情。现在就略述于下罢了!

商业化的娱乐　赌风在上海向来是很炽的,大小赌窟不知有万万处。一般赌癖们,每逢夜里,都要到法租界霞飞路去,斗回力球,夜八时起到十二点止,共赛十六盘;星期日是例外,下午二时起共赛三十二盘,每宵胜负,就要有数十万输赢。此外,尚有跑狗场、跑马厅、月季香槟大赛会等,中外人士,每逢到了星期三六及星期日,挟了数百万的产业,决最后的胜利,真是孤注一掷。

跳舞场　跳舞为近年来新兴的娱乐,少爷小姐们最喜欢不过。到了华灯初上,他们便趋之若鹜。著名的舞场,要数大沪、大华、扬子等,他们雇了很多姿态美丽的舞女,用了不少高等的音乐班子,场中的地板光滑滑的,装饰的非常辉煌,这是多么有趣的事情!无怪乎摩登女士,一宵之费,就要花千百元,原来是"醉翁之意不在酒",想开香槟,坐台子。

游戏场 游戏场为下层阶级的娱乐。其特色就是价钱很便宜,费不了多少钱,什么玩意都可以看到。但这些玩意,有许多令人不满意,因为什么玩意都不高明,初次来上海的人,倒不妨去大世界、新世界、天韵楼、先施乐园、新新花园、小花园等处逛逛,次数不要去的太多了,久则必生厌心。

电影院 上海营业最发达的要算是电影院,自从他降生以后,舞台上的歌舞剧便逐渐的没落下去。因为电影现已成了世界上的娱乐重要部门,许多教育家,都想应用到教育上面去。读三年书所受的刺激,敌不过二三小时的电影,这是公认的事实。从欧美搬运到中国来的著片,首先与上海人晤面,无形中占了许多便宜,其次才与各大都会的人们见面,乡下人是无此姻缘的。著名的电影院,要算是大光明电影院,全部用玻璃建筑,设备亦很讲究,装置有冷汽管,热汽管,四季简直如春。其次国泰、南京、大上海亦著名,但票价昂贵,有钱的人可以享受,一般穷小子们,只好望洋兴叹!

上面所述,仅是上海租界娱乐的一小部分,恐怕尚不到万分之一,其中五花八门,绝不是短篇可以言尽。只要你有钱,有时间,什么娱乐都可以领会尝试,用不着我再费许多笔墨。

九 上海租界社会的情形

我们知道租界是个大魔窟,失意的军阀、官僚、政客们,是他们活动根据地;尤其是乱党、汉奸、卖国贼、买办阶级大本营。中国二十年来的内战,大概都是在这里造成的。我在上海住了二三日,始终没有闻到他们的活动,或许是时间太短的关系,亦不知是他们的组织严密,工作非常的秘密,局外人决不容易知道他们的消息,泄漏他们的秘密。我在这里不愿意胡诌乱骂他们的不是,仅就个人眼睛所看到的,亲身经历的事实,荦荦大者,写在下面,作为此篇的结局。

一入租界的范围,就可以见到印度鬼子,他在那里使威,见了我们就毫不客气,枪口正对着我们的胸腔,两手把我们架起,胆小的人早就魂飞天外,吓个半死,好在我们胆大如斗,幸没有意外的事情,等他们检查完毕,就让我们走开,远远还可以望见亡国奴的余威,这种印象至今还在脑子里保存,永远不会忘记。我们只能抱怨自己太没出息,在中国领土区域内,受亡国人的欺侮,真是奴隶了又奴隶。我们应该深深地觉悟,不要只在上层动手,应当使上层与下层接气,整个的国民团结起来,雪此奇耻大辱,收回我们的主权才是。

晚上到街去马路上的妓女,实在不少,你从她们眼前走过去,必群起而攻之,推的推,拉的拉,弄得不亦乐乎!少有蹉跎,一失足便成千古恨,一生事业草草了事。许多的青年都险害于此而不能自拔,这是很可惜的。她们的卖淫,主要的问题是没有饭吃,我相信富贵人家姑娘小姐们,绝对不至于去干这个勾当,我们何必骂她们。一个人谁愿意饿死,既然想活着,就不得不谋生,另走别的道路,她们亦是谋生的一种方式,不必深加责备。

有人说租界是天堂,住在那里可以逍遥自由。我个人绝对的不赞成这种说法,就是特殊阶级的人,亦不会让他们去自由行动,不受约束,无疑的要尝试异国的滋味；一般的人与租界老板没有深刻的关系，对待你是不会客气的。在我个人眼光看来，那简直是地狱，还有那成千成万失业的人，找不到工作，几乎连饭也不能吃，无衣可以蔽体，最是使人痛心的一件事！

记得有一次，我们坐着电车，到商务印书馆去，有几个外国女子，无端无故要叫我们站起，把皮骨一顿端端正正坐下向我们大笑，那时我们脸，面红过耳，惭愧的无地可容，感觉到我们几乎不是人类。为什么对我们这样的刻苦呢？还不是为了我们的国家不争气，在国际上没有我们相当的地位，我们只有忍受一时之耻辱，以待将来。瞪着眼看着她们就此了事。

十　尾　声

我们这次到江南去参观，在上海仅住了三日，所看到的真是大海中的一粒，自然免不了有遗误的地方，不能详细的叙述，深觉得惭愧，这是应该声明。此外尚有一事特别的加以说明，就是上海市政府最近预备将上海的中心，移至江湾，摆脱租界的牵制，积极的扩充铁路，开辟新江,建筑天桥……计划。如果能成功,的确是可庆可喜的事情。不过我们总觉得帝国主义者,在上海的势力,是根深蒂固,他们绝对的不愿意叫上海租界没落下去,仅有一个计划,恐怕不能成功的,想把租界收回,全看我们中国的国民意识能否觉醒,能不能从内地发生出伟大的力量来。欲完成这种目的,全在乡教运动者,抱定决心,下乡苦干,使上层动力与下层动力连接起来,才会成功。

上海游记

孙之俊①

上海为东亚第一大埠,不可不去。主意打定,说走就走。

离津时秋尘告诉我:"老孙!我够机灵鬼的资格吧!可是我上次也是乘轮船赴沪,刚一到码头,那真是,别提多么乱啦!偶一不留神,得!行李失踪。幸而有朋友到码头去接,好容易才找回来……"这一段惊人语,再加上今年春天《实报》上老太婆的那几句话:"我们北平人初次到上海就如同刘姥姥初进大观园一样……"还有别人跟我提到上海的骗局,扒手瘪三,这些话总可以吓得一

---

① 孙之俊(1907—1966),原名孙信,又名付基、特哥,河北藁城人。漫画家,1927年毕业于直隶省立第七中学。1930年毕业于北平国立艺术专科学校西画系,在校期间参加北平漫画社和中西画会吼虹社,是中国现代漫画和连环画的先驱者之一,代表作有《武训先生画传》等。本文原载《实报半月刊》1936年第2卷第1期。

位胆小的人不敢只身游沪,然而我的感觉是如此:"不冒险不新奇就没有趣味。"毫不犹疑。

为显示爱国心,决乘华轮,上了国营招商新铭轮,开班大吉,没起飓风,看到了汹涌波涛的东海,联想到咱国的海军,不由的叹了一口气,叹气是白费,随后就没有起别的感想,七月上旬到达上海。

船靠了浦西金利源码头。下船吧,看样子,秩序许比从前强,虽然有几个脚伕,黄包车夫在客人手里夺行李,这是穷人找饭吃啊。难道说有人替你搬行李还有不是吗?然而新下船的客人竟有不通人情的大声谢绝,致丧失情感,实在是客气得过了火,绝不是有意破坏秩序。我在这一锅粥里拔出腿来,跨进祥生车子,到美专住下。

上海市的一切,罄竹难书,兹就豆目所及,以飨读者。

话先交代明白,虽然上海有二三百家按摩院,长三么二数不清,野鸡多如过江鲫,我全没理这碴儿,这一点也不假,天晓得,这嫖一方面恕不记,因为没游。还有逸园跑狗,跑马厅,回力球,全没去,这是赌博,也没游。

以下是我觉得值得记而且游过的。

漫画界

"物以类聚",这话一点也不假,没有几天,就差不多将上海漫画界的主角全会到,有一天浅予、白波由南京来,这一堆人就统统到市游泳池来聚合。真不少三十多位。趣味很厚,不用说别的,单说摄影家席与群这次就消耗了六十多张底片。泅完了水,就一齐跑到霞飞路东华晚餐,东道是张英超,宴间有刘硕甫致趣词,施白吾说笑话,陆志庠打手式……热闹得很可以,达十时方散席。

市游泳池

市游泳池那份建筑,比中南海实在高的多。就说墙壁吧,一律白洋瓷砖,这个,北平就比不了。另外还附有儿童游泳池,好像券门式的壁炉子,有几个白胖娃娃鼓荡着波纹,他们的妈,站在一旁看护,淡绿的水衬着粉白的肉,当下看着是一幅画,现在想着是一幅画。密司们穿着露脊背的连裆背心，脚趾甲染得通红，走起路来那么一摆，肉感十分，她们泳毕一次就要到饮食部涂口红，洒香水。在下一个劲咽气，心里想：反正人类是进化的，要不然怎么西洋人有不少处实行裸体运动呢！她们多数是陪她的先生来玩，尽是在浅水里扑通，我有点老道学，始终没有到浅水里去。至于价码那更公道，由北车站乘五路汽车来回带游泳票才五角大洋，可是得另外买个衣橱，一角至二角，自己按号找，自启自锁，倘若你有闲，管包天天想去玩。

明星电影公司

无轨电车上跟明星电影公司江栋良碰头，奇怪，老江是个大小眼，一个眼大，另一个则黑眼球有点找不到出路，心里头说，单眼也会画好漫画，又想到张乐平，老张画的人物是如何漂亮，洒脱，有趣，他的四官四肢统统长得好，鼻子歪过去一大块，还有陆志庠聋得要命，不管怎么吧，人不可貌相。老江告诉我："你随时都可以到明星公司找我参观，不过是否赶到拍戏，万籁鸣先生是不是在公司,都没一定……"上海电车又多又快,不一刻分了手。

事不宜迟,第二天下午三时到了枫林桥,在桥上远远望去,只见壁上大书"明星电影公司"。到门房一问,正好在写字间,登楼会面,老江要我画一张"假若我是一位电影女明星",即刻答应三日交卷,老同行没客气。一会儿卡吞画家万籁鸣驾到,相与寒暄自是投缘,要不然怎么算是艺术家呢。他拿起剪刀,吱来吱的三二分钟即刻剪毕,惟妙惟肖,识我者自当叹为绝剪。正谈笑间,有人报道:"现在拍戏。"在下心里一喜,自忖来得真凑巧。到了摄影场,门口大书肃静,不许吸烟,进得场来举目留神,这一回拍的是赵丹、谈瑛主演的《小玲子》,谈瑛比电影上美得多,赵丹也真堪称得起影界小生后起之秀,导演坐在摄影机旁,不知为了什么技师给摄影机穿了四五层棉袄,乒乓木邦子响后,高可五十尺长可二百尺宽可六十尺的大摄影场,顿时寂然,水银灯开,表演起来。同演话剧一样。他们全是说国语,满北平味儿。这次演的是该剧中乡下打猎的一段,布景真好,保管看电影的人说是在乡下拍的。休息的当儿看了看四周,四壁完全是钉了一层麻布，问问根由，才知道是避免回声，场内并不像协和冰场似的就那么一大块空地，这里是左一根右一根的木架，顶上横一根斜一根的大梁，上边不整齐的排着水银灯，地上的水银灯成了行列，另外还有什么古式门窗，几，案，幕布，说不清，说不完。顺便又看了洗片，晾片，剪接，摄卡吞，试片等处，这些没大稀奇，不赘。

繁华区

最繁华处是公共租界中心区，尤其南京路，其在上海犹梨栈在天津。这里有三大公司：先施、新新、永安。自大新公司开幕后，这三家稍嫌冷落，单说大新公司吧，在溽暑天气有重阳节一般的冷气，有永不停息的自动电梯，有环球百货，一二三与地下室为售货间，四层为写字间，五层以上为游艺场，门票小洋二角，平剧，书场，电影，魔术，苏滩，无一不备，最高层屋顶花园有高可丈余之柳树若干盆，睹柳恍若置身平地，俯瞰，则知已置身青云，楼外壁悉为淡黄瓷砖砌成，霓虹灯自底环绕至顶，凭

图 6　上海之夜:南京大戏院与新华跳舞场
　　(原载《大众画报》1934 年第 4 期)

最高栏,远眺近瞰并皆佳妙。这里晚上没有月光,只有灯光霓虹灯把天空照成了红颜色,声音嘈杂到无以复加。有一次在书场听京音大鼓,气得这位艺人脖子发了粗,他跟台下的我发生了对话关系,对我说:"就是刘宝全在这里也不成啊!"我说:"顶好拉一辆火车头来。"相视而笑。至于戏场那更乱,坐在那里绝不能说是听戏,无论怎样也得说是看戏。在南京路晚六时到九时人最多,人都成了潮水,来来回回的涌,十九奢侈,穿了二分之一家产的大有人在,卖人丹的小贩都穿了西服,头发滑倒苍蝇。女人的嘴,如同鲜血,高跟二寸上下,祥云纱的长衫足在地上拖着一二寸。各式各样的高鼻子也跟着潮水流,流线车,二层楼的公共汽车,银绿色的电车,货车,大约有十几种车,排着队上下滑,印度阿三在十字街头一面吹哨,一面开关红绿灯。倘若我要是写形容声音的字,管保字典不够用,颜色更是复杂到不可思议。这是不夜城,不夜城不仅在南京路;福州路,爱多亚路,外滩,四川路,通通如此。

摩天楼

东亚第一高楼是国际饭店,计二十二层,为高等华人、大班、要人所栖息地,豪华冠亚东,普通市民要想到国际观光简直是梦。以服装论,国际之西崽均着古铜色哔叽西装,至于寓客更可想知。在下布衣士本不应作此妄想,奈何好奇心驱使,非畅观国际一次,才能不虚此行。事有凑巧,得识前国际饭店中菜部主任,因往游焉。临地二层壁石质光可鉴影,登石阶进旋门乘电梯转瞬到达十九层,其速度较津中原快数倍,再上则为普通石阶,友携予拾阶上,在二十一层留连时间最长,吴淞、东海、昆山,全市一切尽在眼底,与立一削壁山巅相等。二十一层计六大间,四面皆嵌极厚重、平宽可十六尺、长可十尺之大玻璃,据言,此间专供客人远眺,因恐有神经衰弱者至此,偶忆及伤心事致效绿珠,故如此装置。我是欲穷千里目,怎奈二十二层雨打梨花,询根由才知道是防火会专用。二十层为电气房,看了一眼没有一点头绪,十七八九层,为供全家来沪游览者之用,每层只租一家,会客厅、寝室、餐室、浴室俱备,且有专僮以供驱遣,每日房金百元左右。十七层以下则为客室,价目悉按大小设备定,由十二元起至六十元止。每日二十元之客室,二大间带洗澡间一,大弹簧床二,黄漆地板,棕色花地毯,写字台,沙发;其别致处,为进门之两旁于壁上设衣橱,上有一阁可储箱箧;其尤为别致者则为呼唤西崽时,按电铃后一乳色电灯即亮,同时总写字间之该号电灯亦亮,非西崽亲自到该客室闭灯不可。此种方法,总写字间可察该役之勤惰,西崽更不致走错客室。十四层前部为大菜间,后部为跳舞厅,地板为圆形,图案花纹极妙,完全硬木砌成,极滑洁。旁陈花草甚多,正上面为音乐台,圆玻璃顶,自由启闭。据友言,逢望日,夜间熄灯,可作月下舞,顶之四周均绘古埃及之人事图案画,颜色极调和。后面为西菜厨房,有洗涤饮食器具机一具,大批污瓷具送进,大批送出,既快且洁,房后有特种电梯,可载重一吨,专供运货及侍役厨师上下用。再至美式酒吧间,据云沪上只此一处,又到客饭间,地毯完全丝绒,履之如踏草地。留连一时余一点也不累,若非法币限止,非终老此地不可。

电影场戏场

首屈一指的大电影院是大光明,场子宽大座位舒适,完全冷气,大致与津光陆相似,所异者屋顶分三层,每层相距约一尺,每层轮廓为一定波状,专演舶来片。上海有六十多家电影院,这一等影院票价楼上一元楼下六角,真叫公道,其普通影院票价仅小洋一角,折合二十四铜板,有点不够电风扇钱。

布景最伟大的剧场,当推荣记共舞台,海派戏的好坏不说,单说布景,看了一次《火烧红莲寺》,得到的印象是:唱工做工一点不见奇,白口有上海话有北平话,乱七八糟,布景确是不坏,大转舞台,五十多场布景都是按剧情布置,不完全是画的帐幕,有许多立体的山、石、桥、亭、楼、树,逼真精致,机关灵活,令人拍掌称奇。

图7 《火烧红莲寺》剧照
(原载《电影月刊》1933年第27期)

江小鹣

陈英士铜像轰动了全国,这位作家不可不访。他住在虹桥路,离美专很远,和刘狮一同去,一到他的门口,就知道这是艺术家的住所,铁门完全是图案花纹,他住的房子是灰瓦、白墙、黑门。屋门是一块黑板,门前摆一对铜狮子,完全仿古制,到了客厅细看江先生,重眉大眼,长胡,神气足,瘦,不修边幅,室内陈许多铜制古玩,要不是他告诉这是现在新做的,无论如何也得说是新出土的古物,精巧自可想见。谈不多时到雕塑室观看一番,这回要有王柱宇先生同行,至少这个访问记得十续。这个作坊里头什么泥,铜像,翻沙,融铜炉,起重机,都有,真有景。先说现在正在雕塑的胡文虎的像吧,高有二十尺,我疑心江先生身量不高,有点摸不着头脑,他即刻登梯子表演一番,又拿胡文虎头部,正侧,半侧,背,各种像片让我对证来看,果然不爽毫厘。我问:"铸这个铜像得多少钱?"他说:"两千二百元一尺。"我连声道:"不贵,不贵。"又看他最近为蒋院长所制高可五尺之全身像，精巧绝伦，又看一浮雕缩小机，极精确，彼持一直径可三分之孙中山浮雕像，即用此机由一直径可八寸之大浮雕所缩制，堪称佳妙，其余模型，刻钢还很多。

市政府

所谓市中心区，原来是在上海老北老北的乡间，因着访苗子——他在市府服务，就顺便看了看市府，富丽堂皇，跟太和殿相伯仲，附近马路挺好，只是房子太稀。

展览会

刘海粟在大新公司开二次欧游归来个人作品展览，标价由百念元一幅起，展览半月，据说售出二千余元，作品之佳妙，不必我来晓舌。八月上旬力社亦在此地开展览会，以张大千、张书旂、王青芳、谢公展诸大名家最出色，这也不必多说，我对于国画有点外行。

市民生活

上海市民三百多万，华洋杂处，睡马路的足有十分之一，每天晚八时外滩草地上及不甚繁华之马路旁，通通躺满，一块凉席就解决了住的问题，这是普罗大众。二众就住鸽子笼式的小房，狭窄得没法转身，也有住三等旅馆的，读者知道火车上的二等卧铺情形，这三等旅馆就跟它一样，换句话说就是放大了的四层书架子。这还不算苦，比较苦的要算蒲淞河上的船家了，这河水污臭无以复加，然而河面上也停满了船，船上就是家庭，简陋到了极点，管保初次到这里的人，一定把两根眉毛拧起来。我有一次随便散步走到一个黄包车夫所住的弄堂来，发现了一个理发馆是用一个破席四根竹竿支起来的，外面悬了一小条布，写着"文明理发馆"，席子底下坐着一位病夫似的理发师，眼前一个破盆架，一盆水，他们虽然也住在上海，他们的享受与资产阶级较，实别天壤。我绝不同情于老抢跟职业乞丐，我却同情于这种饿着肚子做小工的人。中产阶级的人就比较优裕多了，可是上海是中国最讲奢侈的地方,拼命的讲穿,十九绸大褂,娘姨也穿绸也烫发,多数是外强中干摆空架子,服装稍差一点,立刻就到处遭白眼,世风如此,要不然怎么客岁发生一家六口跳楼,一家八口服毒呢!大户人家的生活,是在天堂,一切一切,都随心所欲,物质文明尽量享受,说起来有点瘆的慌。可是上海四大富翁沙同等,全是犹太人,奇怪,中国的上海,中国人不当头号富翁。

城隍庙

上海的天桥就是城隍庙,有地方色彩,一点不错。它位于上海县城里,庙前后的街道,那个窄,那个乱,就不用提,进得庙门,拥挤不堪,常年如此,就跟北平护国寺一样的货摊子,全在两边摆满,什么都有。到了正殿,只见香烟缭绕,白蝶纷飞,磬是一个劲的敲,摩登小姐、老太太、商人模样的跟说不清是哪一界的人们,一排一排的头乱磕,顶上雕梁画栋熏成漆黑。红帘子变成古赭,油钱铺满的铜板洞口,砸成一个大窟窿。据说这里的签诗最灵,所以香火如此之盛。不耐烦看这个,转到后面湖心亭,四面是水,中间有一座亭子,亭子上开茶社,有曲桥可通,可稀奇的是成千成万的乌龟在水里乱爬,也有大鱼,四周张满了广告,没大趣,只有杂乱。

全国漫画展会出品

北归之前少飞要我提前看一看全国漫画展会的出品,可真不少,五百来张,粗制滥造的有,精彩的有。许多幅是本着赤子之心来批评现代社会,这当然对。许多幅是画了闲情逸致的,还有许多幅可以让你含着泪微笑,也有一点根底没有,真正幼稚,内容绝对空虚无聊已极的,也有内容充实标题新颖而技巧不成熟的,各式各样。少飞问我如何评定甲乙分别去取,我说最好定个标准范围,比较公平,结果因展会展期至十月十日,为期尚早也没定。

住了个把月欠了不少人情,八月下旬回到北平,管先生说"你要写个游记呀",我就拉拉杂杂写了这么一堆。

孤岛风月:上海印象记

忆 开①

编者前言

本文乃系工商一校友所作,彼在上海业已数载,对此国际都市,具有深刻之观察,本刊去函征稿,蒙赐以此篇,实堪为本刊生色,敬希读者细为玩味此稿。

一 黄浦滩

你若是乘轮船由天津来,第一个上海印象闯入眼帘的,便是黄浦滩。

---

① 忆开,天津工商学院学生,生平不详。原载《公教学生》1941年第1卷第3期。

图8 黄浦江(木刻,Emma Borman 作)
(原载《杂志》1942 年第 9 卷第 5 期)

看啊，从接近南市的罗斯福码头数起，一直有十几个码头，都栉比的排列着，他好比一座长梯，由南市灌贯着法租界一直到公共租界，由空中看，那只是站排的一群猛兽，把轮船一只一只的吞吐着，这是东方大港的特色啊！

微黄的江水，永远浮着高而大的一群商舰，——旗帜是如何的鲜明啊！通身红格左角带星星的，红米字嵌在蓝地上的，红白蓝的，以及……好比开商轮展览会似的，而这是谁的港口呢？我们禁不住要想。

你若是仍旧站在船上，往北边看，就更好看了；一幢幢灰色的大厦，装饰着各样的屋顶，棕色胖胖的像一个老头子的银行大楼，美国绅士型的汇丰大楼，挺肚揉胸商人气息的海关，钟楼站在上边是她的特色呢！金碧辉煌的中法工商银行，更有探着身子，向下俯瞰着的呢！那是迁延三年方始完成的中国银行大楼……这些，是二十世纪的产物，世界都市的点缀品啊！

若是过了法租界的公馆马路往南边走，那就减色些了；虽然仍有的是太古轮船公司，和一堆货栈，但黯黑的小茶楼，狭小门面的旅行社，沿河碎石的马路，成群结队的"老虎车",堆着的脚夫,和专门叩"洋盘""阿木林"竹杠的流氓和瘪三……

交通,是便当的了!法租界的廿二路红色的公共汽车,是以此为起讫点的,但还有呢?法租界所有的电车,都在这儿会面,英租界的一路汽车一路二路电车,都汇萃在这里。

躲在北边角落的外滩公园,会给我们一个"游目骋怀"的机会了吧!短短的树枝,这时有的是"成阴"了,堆堆的小花儿,也在这儿吐香了吧!幽静的茶座,可以看到了迎面黄浦江里的浪花,多晶洁呀!多清澈呀!但沪西的赌博场,造成的结果,也会在这里大煞风景呢!——有不少的青年男女,因博尽金钱,实行"投浦",——以这个时代来寻闲情逸致,无疑是要碰壁的。

由法租界的公馆马路(Avenue de Consulat)数起,和黄埔滩成垂直的,由南往北,爱多亚路(Edward Ⅲ Road)、广东路、福州路、汉口路、九江路和那全国有名的南京路。

二　南京路

提起了南京路,就会叫人想起了五月里的什么日子,但资本主义的社会里,人是被金钱所博弄了,是没有什么意识好讲的。

不见吗,人是络绎的走着,密度是全国第一啊!于是两边商店都个个想着法儿吸引着顾客进去,靠外滩的大饭店还是那样的庄严伟大,但到了抛球场一带从Chocolate Shop(这是上海点心饼干的"托辣斯"啊)数起就不对了,亨得利、慎昌两钟表店,就用霓虹灯争斗着,不只此呢!老九福,老九章,大伦,九福……也都用"足尺加三"等号召,来强剥下士女的一九四〇过时的旧妆束,逼迫着让她们换上一九四一年的新装。

也许是事实,"中国国货公司"给我们精神上不少的勇气,我希望不会有一人改卖百货吧!再向前走,这是金店袜庄的大本营,金店永远陈列着礼鼎的,迎门的牌子上挂着:"今日金市每两七百×十元";袜庄呢,门口的职员永远是个多巧善媚的女职员。

在永安、先施的对面处,马路故意的兜上一个圈子,使这儿的人口密度分外的加多了好些。"五芳斋"是全市闻名的老店,东西不见得好吃,但是价钱是和名誉成比例的,什么"福来彩券行"是在它的旁边,据说是"人杰地灵,大奖常临"的,门面上有受香火供养的一个财神,他穿的红袍子恰和进出的褴褛袍子成个对照。

先施的外装是淡黄色,永安却是暗灰色,每天吞吐的人口没法来计算吧!内衣部,化妆品部,绸缎部,糖果部……是集全国之大观的,公司之大,是以分部庞大来判别的,——这道理和中国机关是相同的。

永安五楼天韵楼,是娼妓歌女的大本营。先施铺面下,到夜之幕一拉开,粉白黛绿者,也就一个个蹓了来,在你的身边,——假若你是个男性游人的话,——用深情的,受怜悯的目光,来注视着你,加重着她的语气问:"老板,侬到我那里白相相好哦!"——这些社会剩余的渣滓,该不是偶然而产生的!

新新公司,较之其他三公司,该是"小巫见大巫"了,虽然新都饭店是以玻璃电台(吃饭和吃茶的时候同时可以看到电台的广播节目)著名的,全埠第一流的云×舞

图 9　上海永安公司夜景
（原载《玫瑰画报》1936 年第 49 期）

厅,也在上边。

上海著名的上海旧货商店过去后,所注意的当然是上海最新最大的大新公司了!她处在上海最热闹的地方——南京路和虞洽卿路的交口,对面有新世界——一个仅次于大世界的游乐园,楼房高度也仅次于中国最高纪录——国际饭店(Park Hotel)。论到陈列,分部庞杂,清新醒目;论设备,软木地板,自动扶梯;论便利,地下室的饮食部,经济实惠……

整个南京路是这样走完着的,但是除了物质享受外,别忙:文化好像也在萌芽里呢!大新公司五楼整年开着的书画展览会就是一个例,还有抛球场慈淑大楼上聚集的大学:就有 St. John's、东吴和之江!

如此,南京路究竟是矛盾的……

三　大世界

上海大世界,是遐迩驰名的,——可是跑到上海来之后,也不知道它为什么享有这样的名誉。

"大世界"是坐车必经的站头,所以我们不时的要提到它，但是约人到大世界去，在普通人是会贻人以笑柄的，因为大世界是公认低级娱乐的地方——但是每一个新到上海的人，都要逛一逛大世界。

地方，是相当的不错，它在英法租界的交口上，横的方面是福熙路和爱多亚路的交口，纵的方面是虞洽卿路和恺自迩路的交界，几乎三分之二的无轨电车和公共汽车都经过这儿，它确实是一个上海交通的总枢纽。

它的后面虽有美国煤油大王所捐助的青年会大楼，前面竖立着远东第一蜜蜂牌绒线的大霓虹灯招牌，但它本身大楼却不为此减色，所以论门面，不能不算庄严，论价钱门票二角五分，买一送一，你若愿意的话——可以整天的呆下去，里面有小型饮食店，有打汽枪等小型赌博，就是连善男信女所信奉的济公活佛，这里也有神庙一座。

一闯进去，是一排一排的哈哈镜，任是你是怎样的脑肥面肿，也可以变成"尖头鳗"，反过来，就是瘦皮猴闯在前面，也可以给你个当了 banker 的感觉，其实，这种经验是人生路途上必经的，奚必待"大世界"中有？正中是一片广场，这是洋灰地的"跑冰场"——每个人可以携着伴侣手拉手,肩靠肩的依赖着四个小轮在"大世界"里角逐。

广场的四周,是一个一个的小摊,鱿鱼是普遍的了,冬天的"南翔馒头"、夏天的"北平绿豆汤"都是应时货品,也有的是魔术大王发卖戏法;打汽枪,握力机,角力器……右边转:那是"北平滑稽""群芳会唱"的舞台;向前走呢?有"乾坤"大剧场,"大世界"中有"乾坤"真了不得!人生本来是在舞台上看的,必要坐在椅子上看"京剧",这就无异于 Einstein 立在世界之外观看"大世界"了!论到演技,是不足取的,哪有人在舞台的舞台上,演出好戏来的?……但上海人还拼命的拍手,叫好!

顺着广场来一个 Counter-clockwise,最末后到的是电影场,人们争先恐后的看那些《苏三恨史》《火烧红莲寺》……的片子,我说,这群人是永远撤在黑暗中了!

究竟二楼娱乐节目是繁多的,但大多数引不起"北方佬"的高兴,有申曲,有绍兴戏,有潮州戏,有四明文戏,有宁波滩簧,有苏滩,有魔术……也有"洋泾浜国语"的文明戏!……这些都是拥满了观众的,若是在一个地方色彩的舞台下,演员和顾客简直可以开一个"同乡会"。

走上三楼时,一片军乐声会把你引到一个角落里,那是桃花歌舞团的所在地,一角一分的加票,会让你欣赏一些中国新兴的艺术——歌舞。舞女们虽都穿着很露骨的衣履,脸儿永远在笑着,歌儿舞儿,总离不开《月明之夜》《桃花江》……和伸伸腿、踢踢脚之类的玩艺儿,但是一个一个的眼圈都是黑的;裸出的大腿上永远露出血痕……祝福给这群"苦中作乐"者!

资本主义的社会里,永远是需要"噱头"的,例如:歌舞的末一项就是——羽扇舞,据说欣赏这一幕的条件有二:地位好和眼睛快……

邻居是需要静静的观赏的,据说是科学的新发明——XY光机,美人脱衣,人变骷髅……之类,被光线衬托着,这也是引人的好地方——也是要加一角一分额外票的。

虽然有女孩子长胡,峨嵋山大龟等的好"噱头",但难得有人相信的,于是"大世界"的outline就止于此。

四　霞飞路

有人讲,霞飞路是要由东向西走着看的,而我的意见却是相反的——要由西向东看。

是的,由东向西是让人明瞭都市进化的程序,而相反的意见,却使人觉得像上海这样的一个都市,还留着像霞飞路东部封建式的商店——这见解在认识中国都市上,却是必须的。

有人说:霞飞路(Avenue Joffre)是中国的马路吗?怀这疑问的人,是看到了西部的广告招牌,那是一排一排的写着英文、法文和俄文的——由霞飞路底以至吕班路,好像是外国的一条街;由吕班路以至于东新桥,那又是纯粹的中国式的街道了!

霞飞路的长度,全中国都市怕没有和它抗衡的吧!长度几横贯整个的法租界,门牌有二千几百号的数目(那是随个都市进化程度由东而西排列着的)。论交通,法租界的全部电车都在此地经过,横贯着的,有廿四路无轨电车,廿一路在嵩山路横过,廿二路却在亚尔培

图 10 霞飞路商务印书馆橱窗
(原载《同舟》1935 年第 4 卷第 2 期)

路轨过去,所以说霞飞路集法租界交通之枢纽,谅不为过的。

由海格路口以至杜美路口,霞飞路可算是标准隐居的地方,——它具备着都市的一切设备和交通工具,而空气却是静穆的,它有着"与世无争"的意味而没有"遗世独立"的消极态度,中午的马路上会连游人的耳语都可以听得出,而却安享都市上一切的设备和舒适,这样的所谓"清福",在资本主义社会中却是有人求而不得的!

杜美路口该是"社会"和"别墅"的分野了罢!向东边走,有的是大商店,有的是影戏院,有的是酒店,食品公司……但这儿都是谁的呢?都是为谁的呢?连中国的少女,都浓妆淡抹的而实行"土货洋销"了!还谈些什么呢?——不幸的几个书店,却还可怜的印中国书籍,销给中国顾客。

这一地带,霓虹灯光是非常眩耀的,由西数起,杜美路,亚尔培路(那是因为逸园跑狗场和回力球场的存在而著名的),迈尔西爱路,金神父路,马斯南路,华龙路和吕班路。影戏院,有上海第一轮的国泰Cathay和第二轮的巴黎。外国酒馆,有专接法国兵的 A La Rotonde,亚尔培口的弟弟斯(DD's)是以 Tiffin 著名全上海的。还有以法国大菜号召的萝蔓饭店(Normandei Restaurant),中国饭店有冠乐、广州食品公司、绿野新邨、大同酒家……书店有专卖法文书的 Librairie Francaise、俄文书店,中国书店有商务印书馆分销处、霞飞、博览和康健……除此以外,要算是银行了!

由吕班路一直到东新桥,那就千篇一律了,只有西装店、旧货店、药房……但只有这一段还像是一条中国街,那就还说些什么呢?

五　静安寺路

这条街是以一个寺院出名的,在中国名字上,"街因寺而名"。但在英文,却因寺中一井而出名,因其常 bubble 也故名 Bubbling well Road 云云。

这一条街,弯弯曲曲长度却也可以和霞飞路相比,在地图上看,这个街好像一个两头带弯的钩子——可惜呀,钩子的一头儿是"沪西"的,钩子的另一端,却和公共租界仍旧保持着联系!

由公共租界上来说:这一端的钩子起始在南京路和虞洽卿路的交口,静安路一起首就不凡了!两便道上有新世界游戏场和新世界饭店,再西走去,左边便是这远东第一高厦的国际饭店(Park Hotel)了!这是中外要人集会的要地啊!据说,这给中国人争回了不少的面子,但为什么三马路水门汀便道上冬夜里睡着的人,没有地方容纳呢?它的对面,是远东著名的跑马厅,宽广的草场,矮矮的围墙,在上海这样的地方是很少见的,香槟一开赛,万头攒动,——中国人和外国人一样的待遇啊!但是足球比赛了,黄头发、绿眼睛的"Welcome, Sir",而同时"You are a Chinese",让你滚开。

似乎是随处有感触罢!在马霍路口跑马厅的大钟底下,就有着一幕笑剧给你看,好好"水磨石"的墙上,雕刻着两个一人高的"相国式"的肖像,我也不知道象征的是那位神仙,但天天却有人焚香叩头,希望他告诉一些"花会"的预测!

你若是坐公共汽车一路的话,你可以坐在到顶楼上去,从玻璃窗上可以望见被广告牌所宽恕下来的一些景色,但是由马霍路口到西摩路口,一定被你忽略过去了——因为两旁尽是些静悄悄的人家和门前的草地。

车子一到西摩路,人准会下来一大批和上去一大批,因为这是和廿四路无轨电车交界的地方啊!这地方,有 Apartment 式的大厦,有纯粹外国风味的窗饰;有平安电院(Up-town Theatre)和喜临门舞厅,有外国风味的咖啡店(在那里,你可以梦想你已留学外国)。

再过去,是一些大的商店,好像是专门把中国货迎合给外国人看的,像地毯、绸缎……都是啊,这里也有的是"货真价值"的玩意儿,像 C. P. C 咖啡店,把咖啡果当众磨成末,再用酒精灯煮好,把浓香的一杯送到你桌上来,六角钱一杯算是值得的罢!

不远,就是静安寺了!他虽然很有名;香火也很盛;但是在面积上却是一个可怜的地位,所谓 Bubbling Well 现已来到了马路上了!一个并不深的方池子,表面蕴积着一点臭水,在这样的一个环境里,有 Bubble 又有些什么用呢?

静安寺的地区,交通却是四通八达的,商店的繁琐,镇天的闹成一片,晚上的百乐门舞厅,也是衣牵鬓香的，——但过去了便到了"沪西"的那个钩子，——虽是很清静的住宅区，但又有什么好讲的呢？

兆丰公园——在上海公园中算最大的了！便到了静安寺路的End。

六　上海人的"吃"

记得人说："世界上唯一讲究吃的国家是中国"——是的，要不为什么在中国通商大埠，怎么这么多"饭馆"呢？

其实，上海人并不讲究"吃"的，所讲究的只是吃的"排场"和吃的"艺术"而已，——没有钱的上海人是例外，有钱的人除了"穿"外便得"吃"。

吃什么好呢？上海人是崇拜外国人的，所以外国菜统叫"大菜"，国产名菜无论多大的盘儿，统叫"小菜"。所以时髦人儿以吃"大菜"为荣，上海的"大菜社"也就大发其财了！

上海的西菜社，可分三种：（一）外国式，外国顾客；（二）外国式，中外顾客；（三）中国式，中国顾客。第一种,不用讲了!外滩,静安寺,霞飞路,例子是有的是。至于第二种,静安寺路有大来,来锡,Rose Marie……南京路有 Victoria,霞飞路有 Normandie、d. d's……至于第三种,则南京路、虞洽卿路的晋隆可算首席,其余四马路的中央、江西路的上海、虞洽卿路的金城……都是可以数得上的。

除此,"罗宋"大菜也是蛮著名格。第一,有"大菜"之名;第二,价钿便宜;第三,一菜一汤,经济实惠;所以俄菜馆在上海可以说"林立"了,环龙路的环龙西菜社算是最好的,其余各学校附近,都有山东老个儿们的贵宝号存在(俄菜社,都是山东人开的)。

讲起我们的贵国食品号,那是有有有,设置最讲究的要算广东馆;四川馆也有追纵而来的趋势;本地馆是如此的俗气;宁波馆又是那样的淡泊;江苏馆、山东馆、天津馆、河南馆……几乎都有它的特点在,同时也能因为个人的籍贯被某种菜馆吸引了进去。

你若是特别有"钱",那就约了朋友到静安寺路金门酒家里去,讲究是不用讲,除了真象牙筷外,真银匙叉,都有托儿盘儿承受着,使你用过的东西永远不和桌面接触,而且酱油碟,姜末碟……一共五个碟,每一个菜就换一套新的。价钱呢?随便吃一顿午点就得四十元;一只芒果准可以开二十元;按掌灶大师傅讲,月薪八百元(国府主席如何啊!)连小账分红,每月至少进款一千五百元。这是怎样的一个世界啊?

金门酒家之下,爱多亚路的红棉酒家,南京路的怡红酒家,也都以陈设讲究价格高昂著名的,一进去,如入宫室;上菜时金鼎银觥,蔚然大观。更下,南京路的新雅酒楼大三元,大新公司的大新酒家,新新公司的新都饭店;先施的东亚酒楼,永安的大新酒楼,霞飞路的广州食品公司……都是"广东馆"之佼佼者。

四川馆以幽静清恬见胜,最著名的要算锦江,法国公园附近的总店,一进去便有入公园之慨;八仙桥的支店,进去就好像到了东京;还有洁而精饭店,绿杨邨……也很著名。上海的素食馆要数霞飞路觉林了!黄色的墙壁,叶恭绰先生的题字,简直就是到了那个庙里。你若头一次吃素斋,看到了菜单上一串串"麻姑献寿""银月波影"……的名字准会头疼,开出来的账单,也一定会叫你牙痛的了!

真正的北平羊肉馆也有两处:邑庙附近的洪长兴,是以"西口大羊"号召的,吃一回涮锅,会叫你想家;而石路附近的南来顺呢？你若是很在行的,就一定要吃炮羊肉的,吃的时候,就不一定会碰到一两个同乡。

北平馆子像会宾楼,鸿福楼……就已经失去了多少"北方味"了！大世界附近的五福楼,三和楼,简直就是挂羊头卖狗肉了！

按天津馆子讲,据我所知,纯粹道地的只有"青梅居"一家,其余都是些"保定馆"的假借罢了！

上海菜馆名字是有些奇怪的像"三六九",有名的像"五芳斋",老招牌的如"老正和"……宁波馆永远离不开"状元楼"……

背起来也背不起许多,但是,朋友要记住:上海的大米卖到一百五十元一石,菜馆里还是塞满了人,而大世界南京路的游人,在在就提防着有人抢夺手里的食物！

七　上海人的"玩"

大人先生们"公"(?)余之"暇"便要消遣;少爷小姐

们,谈情说爱之后,更要娱乐;消遣也罢;娱乐也罢;统而言之,就是怎么样的"玩"。

"白相"之法多来兮,若听戏,看电影,跑冰……不一而足!

听戏要以听"京戏"为荣,以其最高尚也,正式的园子有八仙桥之黄金戏院,牛庄路的更新舞台,这都是演正工戏有名的地方,每来一次"京角",照例的门前要哄动一下子,"上下客满"的字样,都用霓虹灯排了。大米卖一百五十元一石,煤球十六元一百斤的时候,荀慧生的戏前排票七元一张而订座要在一星期以前!

其次,派克路的卡尔登,是以海派麒麟童演唱而著名的,现在也要演"京角"戏了,(言菊朋)还有大舞台,共舞台,天蟾……演些《金镖黄天霸》《神怪奇侠传》的低级玩艺儿。

话剧在上海也抬头了!演员和所演剧本,至少还是正确的方面,这是可欣慰的一件事,现在的职业剧团有三个:全国闻名的中国旅行剧团,在兰心戏院演过一阵,现又移入卡尔登演日场;天风剧社在璇宫戏院演出;上海剧艺社在辣斐剧社演出,演技都在水平线上的。其余业余剧社演出,多如雨后春笋,不可胜记。

假借话剧名义而"文明戏",其实的,有新新公司的"绿宝剧场",东方饭店的"东方剧团"……

其余,申曲,绍兴戏,四明文戏,宁波滩簧,苏簧,弹词……所在皆有,无往而不乐!

若是看影戏,最先你必定想到头轮的去,那就是说:静安寺路的大光明(Grand),爱多亚路的南京(Nanking),霞飞路的国泰(Cathay),虞洽卿路的大上海(Metropole),和静安寺路卡德路的大华(Roxy),前四个是属于亚洲影片公司的。本来在以前它是上海西片头轮的托辣斯,以后有了大华影片公司的大华出现,把米高梅远东首映权夺去了后,把这种托辣斯就给破坏了!可是现在有了报复的机会,亚洲影片公司在戈登路买了一块地,起始再筑一头轮影院,把米高梅首映权夺了来,这影院将名为泰华(Majestic)。这影院建造费(装修费在外)是九十万元国币,所以 Million Dollar Theatre 之消息,会令人咋舌!上海人之消费于影戏者,也就很可观了!

按建筑上说,大光明最好,在享受上说,大光明和南

图 11 大光明戏院
(原载《青青电影》1935 年第 2 卷第 4 期)

京都装有译意风（Earphone），只另纳费一角，就可戴上耳机，听翻译员把银幕上一切动作和言语译成中文，同时并不影响听取银幕上的发音和歌唱，真是再便当也没有！

西片二轮：专演米高梅的，有金门，其他二轮片轮流演的，有丽都，巴黎和光陆三家，三四轮的有平安、杜美、光华、辣斐、西海、浙江、九星、亚蒙、明星、恩派亚……数也数不了这许多！

至于国片头轮，影院很多，如新光、沪光、国联、金都、金城等五家，二轮的那就多了！

有人讲："中国青年的思想，多随了美国的电影走。"又看到了中国电影处处模仿美国，上海的影戏院又这样的多，无怪乎中国青年的浮躁豪华多情的习惯了！

跑冰在上海已成了落伍了！穿着四个轮子的鞋，在地板上滑来滑去，任你有多少花样，始终不出那一套，所以跑冰场的生意便一落千丈了！去年有人动过一番脑筋，用人造冰滑冰刀，但是夏天得穿棉衣入场，半小时又要大洋二元，如此"噱头一眼眼"，几个月就关门大吉了！

图 12 上海百乐门跳舞场
(原载《建筑月刊》1934 年第 2 卷第 4 期)

谈到跳舞,似乎成了上海人交际的普通方式了!谈情说爱赖于跳舞,介绍朋友赖于跳舞,甚或文人构思赖于跳舞,成交买卖也赖于跳舞。

如果把上海女人的总数和舞女总数作一比较,结果是一定惊人的。不用看旁的,去年妒杀案主角"陈曼丽",哪一晚不收入三四千元,如此的好收入,怎不使一般慕于虚荣的女子眼红?

上海的舞厅,是分等级的,高等的如静安寺之百乐门 Paramount,静安寺路的仙乐 Ciro's,那是一元三跳的;其余如云裳、杨子、国际、国泰、金都、高士满、大都会、大华、远东……向下数到大世界上楼头的高峰,虞洽卿路的大美(一元十六跳想想看,这种女子职业又是怎样的待遇啊),这些例子,只不过全市的四分之一罢了!

上海人是陶醉在这些生活里的,青年人除了知道些"泰伦鲍华""爱丽恩费"外,还得知道哼些"何日君再来",才能算是通才,若不然,几下"探戈""普罗滋",也得学一些。

漪哉盛欤,天下游艺,尽萃于斯矣!瞻彼远方,作何遐想。

八　都市风景线

都市的一角——

为着翁大那段路"包饭作"的外快有了保镖,不能再倒剩饭;今天起想挨进这伙里来的缘故,小七子正和小马子、阿五咕咕地商量着。

快两点时,远远地显出挑饭的担子,饿了天半的翁大先跑上去,小七子早防好了他,三脚两步的追上了他,阿五紧抱着了翁大,他们俩很快的倒完了剩下的饭菜,都一溜烟地跑了!

"追也是瞎子打灯笼!"他把地上还有遗下来的米粒拾起来吃了就预备走。

"出老!想跑了,挑了走!"挑担的咆哮了。

"为什么?我又没吃着。"

"你妈的,你们一伙,想打过门?吃白食不出力,挑不挑?"

翁大头上觉得痛了两下,挑起担子就走。愈挑愈重,愈走愈慢的翁大,几次求老司务让他歇歇,可是终不得允许;到全身觉得轻时,双脚只能拖着走了!

他忽然发现了什么似的,不知哪儿来的一股勇气,向前抢了个路人的面包拼命的跑,跑……

后面的呼声听不见了半天,他才停了腿,胸口一热,"喀"地一声,鲜红的血,吐在地上,他挨着墙角坐下,恨不得一口把面包整吞下去。

癞脚阿四不知什么时候穿了出来,翁大吓得发抖,只是想把那吃剩一半的面包藏起来。

"翁大,大家分分!"

"那有这样容易,这是性命换来的!"

"给不给?"阿四带着点怒意说。

"不给。"他也横起来了!

也是癞脚阿四先动手,两人厮打了一会。等翁大醒来,面包早不知那儿去了! 地上有点血,脓,是癞脚阿四留下的吧!

慢慢地站了起来,想去打癞脚阿四,小七子们去算个帐。

转了个弯,一群"同行"都站在路旁,由他们嘴里得知等一会有辆米车要来呢!几个人都在商量着:谁愿吊上车去割开米袋大家多分点给他,翁大却一口答应了!

路灯已亮了!车子果然来了,他吊上车去,拿出刀来就割那麻袋,上面的鞭子无情地抽在他头上、手上、身上,他不放手还在割着,米簌簌的出来,他们都接着了!

终于脱了手,掉了下来,可是那些"同行"却不知哪儿去了!……

上面节录五月十二日《申报》"春秋"栏上的一篇记录"瘪三"生活的写真,但他们和我们是同样的一个人啊!是谁让他们这样的呢?……我没有这勇气问,只是在想。

九　光明的一面

"今夕只可谈风月",故乡无此好湖山——
我能谈些什么呢?

脱稿于五,一四午夜

旅沪杂写

窦宗淦[①]

还记得当我离开那座暮色的古城时,送行的朋友们,最后一句惜别的话语:"走吧!那边的空气也许是新鲜的?"

在怀念着朋友的话语中,我又来到想望着的大上海这国际的都市。

摩天楼的南京路

在上海,和朋友走在南京路上时,先施、永安、大新、新新,仰望着这些数不尽的摩天楼,看那被高大楼房遮

[①] 窦宗淦(1915—1992),天津人。漫画家,早年毕业于天津市立美术馆西画班。1936年被聘为第一届全国漫画展览会评委。1949年后任上海美术电影制片厂木偶片编导。本文原载《华文每日》1943年第11卷第12期。

图 13 摩天楼
（原文配图）

剩的一线清天,真的有些使人窒息!

怀念起北京时,会想起那座壮丽崇高的古建筑——天坛!南京也会想起玄武湖里,那片旖旎的山光水色!

离开这里,我若回忆起上海来,定会想起南京路上,那些耸立云天的摩天高楼!

这些高大的楼房里,不知埋藏着多少人间的悲欢。

纸醉金迷的舞厅

跳舞在上海,是千奇百怪的!咖啡店,游乐场,大饭店,都有舞女和舞厅,弄堂里一间小楼房,也响起阵阵的爵士乐和最新的流行曲。这里的新闻纸,不是每天都刊载着跳舞学校和教授的广告吗?"舞女亲自授舞""少女伴舞教授"这类广告,是多么诱惑人们的心弦!

流线型的大舞厅,门外时常停放着整串的新型汽车!在断续的乐声里:那些年青漂亮的侍者,不时的接送着来舞的人们。

在醉人的音乐和暗淡的灯光里,那些娇艳的舞女都投在男人们的怀抱,在这淫靡的氛围中,充满着媚笑和酒气。

图 14 舞厅
(原文配图)

这纸醉金迷的世界里,已嗅不到那从远方吹来硝烟的气息!

红尘中的干净土

经过一条繁躁的街巷时,一阵木鱼声从一道黄墙传送过来!惊醒了我这红尘中的游子!是尼庵?是道院?真的我有些不相信,在这万丈红尘中:会有这块虔修的干净地?

天后宫,普陀下院,竹林庵,这不都是林立在万丈红尘中的尼庵道院吗?我知道佛法是无边的,但在上海!我最怕在热闹的街,充满了为生活忙碌的人群里,看见那些游逛闲散的年青和尚!

黄浦江中的小渡船

生活在上海这使人窒息的都市里的人们,若想在辽阔的氛围里享受一些安息的舒适,是最不容易的!

图 15 黄浦江中的小渡船
（原文配图）

在上海我最喜欢外滩公园，它边靠着激动的黄浦江，到这里的人们，你可以靠着江边看看江中的小渡船，暂时把背后那片遮天的大楼和烦躁的都市忘掉。

远望着江的对岸，你可以舒适的喘一口气！

敏感的上海女人

秋风刚刚吹落了街边的树叶，上海女人们的心里，已都感到萧瑟。连天的秋雨，会使上海的女人们，互相询问起冬天的寒意来！

新样流行的女裤大衣，在影院，舞厅，街头巷尾，不都已登场了吗？

有人说上海是女人的世界，这句话我有些不相信。但我想，假如上海没有了女人，它会立刻变成一片灰色的死气吧！

我相信，上海女人的敏感，是每天在推动着这大都市向前活跃着！

文化街的小书摊

朋友伴着我走在上海四马路,我看见了很多著名的大书店:商务、中华、世界、开明、生活……这就是中国文化街啊!我边走边望着,真的有些仿佛,在多年前去云岗朝拜石佛寺似的心情!

这条文化街上,不都是那些著名的大书店,道路两旁,有很多卖旧书的小书摊,在这些旧书摊里,有厚厚的洋装《辞源》,线装的《康熙字典》,你可以看见××艳史一类的书。

我最喜欢这些道旁的小书摊,在这些破旧的书堆里,意外的,偶然的,你会发现大书店已买不到的珍贵的绝版书。

图 16 文化街的小书摊
（原文配图）

奇异的"风化区"

我会怀着好奇的心情,随着朋友们走到上海一个奇异的角落里去!

这真是一个奇异的地方!

我像被投进一个噩梦似的境地!整条街巷都拥挤着幽灵般的人群,路边排满了专收金银珠宝的当押店。我看见了那些垂头丧气的人把衣服脱掉,换了现款,重新挺起胸脯走进暗窟里的情形!我也看见了,围在长桌,命运随着乌木牌九和幻变着五花八门未知数的摇缸中的大小骰子,在升沉的人们!

当我想起一位伟人曾感叹过,那遥远古城里的人心都还没有死掉时,我希望在上海这奇异角落里看见的人们,都是一场噩梦里的幽灵!

街头巷尾卖淫人

职业的妇女,在上海也是千奇百怪的;这里有在机

图 17 街头巷尾卖淫人
(原文配图)

关会社洋行里工作的职业妇女们,同样这里也有每天过着神秘生活的女人们!

"土耳其少女按摩浴室"的广告招牌,钉在巷口时,会使人们感到如何的神秘和遐想啊!咖啡店里唱着流行歌曲的小故娘,她那颤动的声调是打动了多少人们的心弦!大戏院里京剧的坤角,整天唱着《大劈棺》和《纺棉花》的戏,不知疯狂了多少人的心!

在上海我最怕看见的,就是那些徘徊在闹市街头以卖淫为职业的贫血妇女们!尤其是那招揽顾客时可怜的情景,是最值得人们同情的!

死了的洋场

——陷区进出记之四

徐铸成①

上海,这东方的第一大港,这拥有四百多万市民的大都市,这纸醉金迷的洋场,现在,被侵略洪流所冲刷,已成为一片沙碛了!

黄浦江已成死港,不再吞吐巨轮,浦东杨树浦许多工厂都不再冒烟,百老汇大楼象僵化了的巨人,伸着双臂,对着一片沙碛苦笑;只有那海关的大钟,还时常叮当作响,仿佛白头宫女,盘算着昔日的繁华。

南京路,爱多亚路,已不再有流水般的汽车,公共汽车只有一路和二十二路疏落的爬着,电车也不再那么横

---

① 徐铸成(1906—1991),江苏宜兴人,著名报人。1930年毕业于北平师范大学。曾任《大公报》记者、总编辑,《文汇报》总主笔、社长兼总编辑。1957年后,历任上海市出版局编审,复旦大学、厦门大学教授,中国民主同盟中央委员。著有《报海旧闻》《旧闻杂忆》《杜月笙正传》等。本文原载1943年11月1日重庆《大公报》。

图 18 万国体育场钟楼被毁情形
(原载《国闻周报》1937 年第 14 卷第 42 期)

冲直撞。满街蠕动的三轮车,是这个死市中最时髦的点缀。

入夜,跑马厅漆黑一团,四周的霓虹灯早已没有了光,霞飞路的路灯,隔数十丈才有一盏,更冷落得怕人。在晚上九时以后,所有商店都上了门,全市区都停止了呼吸;仅有的例外,大世界四马路拥出比以前更多的神女,南市的烟馆赌场,人山人海。百乐门、大华、圣安娜几个舞场门前,停着成行的木炭小汽车。豺狼狐鼠,百兽成群,在这些销金窟内荒淫享乐。

饥饿线上

吃,是目前上海最严重的问题。虽然红棉、新华等四大酒家,有两万伪币一席的酒菜,但依然填不饱肚子,因为敌人不配给米,根本没有饭吃。至于一般平民,大都在饥饿线上苦挨日子。敌人初实行所谓配给制度时,每人每星期还可以配给到两升碎米,一斤多面;最近,改为每半月或二十天才配给一次,每次半斤米,加上些豆粉黑面等杂粮。靠配给,上海人至多每月只能勉强活五六天,其余二十几天,不能不另打主意,向黑市求解决。所谓黑市,并不是米店里有整包的米卖,仅由乡民冒险从外乡带进半斤几升,在弄堂里偷偷的出卖,最近的行市,大约要伪币一千七百多元一石。

油、糖,也是"配给"的,其绝对不够的程度,也和米一样。此外,青菜要四元多一斤,猪肉三十多元一斤,鸡鸭之类,在一般人更不敢问津了。

穿住都成问题

皮革、五金和毛织品,敌人认为军用品,统制极严。一双最普通的皮鞋,现在要标价一千多元,西装料子,至少七八千元一套。棉织品在八月间曾一度狂跌,因为敌人要登记纱花布,各布店都跌价倾销。从九月一日起,所有布品都不准自由出卖,黑市飞涨,穿的问题,现在也严重威胁着上海居民了。

上海的居民,据敌伪统计,目前还有五百多万,大多是以前走不了的,和现在在陷区乡村中住不了的,不得已搬到上海。因此,上海的房子依然感到供不应求。一楼一底的房子，顶费高至七八万，亭子间一月的租价，至少也要二三百。起码的旅馆，住一天要四五十元。因为建筑材料贵，这一两年，上海可以说绝对没有新的建筑。

海空的威胁

敌人怕上海轰炸，今年曾不断举行防空演习，灯火管制；从九月起，更整月在"演习"中，全市商店，都被迫在玻璃窗上，贴上五色斑斓的防空纸条。同时，敌人在虹口、浦东一带的物资，都向公共租界及法租界转移。据说有许多小工厂，也都已迁入租界。还有许多日本的小商人，近年偷鸡摸狗，发了些财，最近都搬到苏州杭州去住。

敌方船运问题的严重，在黄浦江里便可见一斑。沿江的几个码头，都人迹稀少，江心仅小舢版在穿行着。日文报上，也绝少见有轮船开行的报告。上海民众，都知道吴淞口外常有盟国潜艇出没。据说，近来被征调出国的敌人，兄弟都不敢再乘一条船，原因是他们想一个死了，另一个还能幸存。

一切无保障

这样一鳞半爪的叙述,还绝对不能描画出今日上海的全貌。

现在上海同胞的痛苦,简单说,呼吸不到空气,吃不饱,穿不暖,一切生命财产,都无丝毫的保障。

自从太平洋大战爆发,敌兵侵占租界后,"七十六号"①似乎不再如以前的猖獗了,而代以敌方特工队宪兵队,直接握住每一个中国平民的喉管。一个善良的居民随时都可以发生危险,平时有私仇或亲朋中有落水的固不必说,走路随时会遇到搜查,假使有些风吹草动,马路断绝交通,更容易被架进捕房。现在的巡捕,比以前更穷凶极恶,有的故意装着东洋腔,鱼肉过往的老百姓,据说现在一名巡捕,"顶费"要两三万元。

上海的保甲,是敌人"新政"之一。十八岁到四十五岁的壮丁,都要轮流去做"自警团",每一个十字路口,都

---

① 抗战时期汪伪的特工总部,以丁默邨、李士群为首,设在上海极司非尔路76号(现万航渡路435号)。

有一个小木房,"自警团"便携着木棍、绳子坐在里面。假使这一段发生了抢案、血案,自警团便要拦断交通,拘捕"凶手",否则本身便要被拷问。在这毒辣的"保甲"下,上海表面似乎安谧些,却不知有多少无辜同胞,成了冤鬼!

苦等着天亮

我离开上海已将一月,现在把眼睛一闭,还可以清楚看到上海各色同胞苦难的面孔。他们在这洋场的废墟上受饿受冻,受敌伪的种种蹂躏宰割。他们都度日如年,在漫漫的长夜中,睁眼向着西方,等候天亮!

第二辑 名迹览胜

上海名迹志略

徐蓬轩①

每一个地方,都有些古迹,足供凭吊。上海虽原属滨海之区,亦不例外。黄浦江相传为战国时楚相春申君黄歇所凿,故名,便是最古的名迹。兹将上海市著名古迹尚可探寻的分条叙述于下。

〔黄浦〕俗称申江,承受三泖诸水,东流会吴淞江入海,或云浦底有六泉,味甘洌,如长江之中冷泉。浦水自詹家汇东流入县境,过闵行镇,至邹家寺,折而北,俗呼长十八里。又北至龙华港,迤东北绕上海市心脏区,会吴淞江。又转而东,至西沟,又折而北,至界浜。西北至

---

① 徐蓬轩(1892—1961),名兆麟,笔名老癯,江苏吴江人。幼时就读于盛湖公学。后负笈至上海龙门师范学堂。历任绍兴第五中学、鄞县县立女子中学、上海稗文女子中学教师,以及《新盛泽》《民国日报》《大晚报》上海通志馆编辑,编著《孙中山生活》《孔子生活》等。本文原载《旅行杂志》1948年第22卷第7期。

老鹳嘴,又东北,入于海。

〔沪渎〕在本市北,就是现在吴淞江的下流,《吴郡志》说:"松江东泻海,曰沪海,亦曰沪渎。"《舆地志》说:"插竹列海中,以绳编之,向岸张两翼,潮上而没,潮落即出,鱼随潮碍竹不得去,名之曰扈。"陆龟蒙《渔具咏·序》说:"列竹于海澨曰扈,吴之沪渎是也。"上海可简称为沪,就是因"扈"字而来。

〔老宝山〕在高桥公路北首,海滨浴场相近处。明洪武时,先筑所城资守备,到永乐时于所城相距十里许,更筑土山,以为航行标识。后来所城被海潮冲没,土山也沦入海中,但是现在还有遗迹可寻,就是明永乐御制《宝山碑记》,现在还屹立在公园内。

〔龙华塔〕在龙华寺前。赤乌中西竺康僧会精修,祈请得五色舍利,吴主孙权命建塔表之。曾毁于黄巢之乱,宋代重建,其后代有修葺,迄今岿然犹存。

〔龙井〕现在龙华镇路(老街)龙华寺山门两旁民屋内,东西各有一井,井水并未干涸。据《云间志略》说:"山门外有二井,曰龙井,一清一浊,大旱不涸。"

〔百步桥〕在龙华寺东北,跨龙华港上,桥长约百步,因以得名。此桥是纯粹中国式建筑的石桥,惟桥栏用铁,志书上称为"海邑诸桥之冠"。在桥上,东望龙华港与黄浦江会流处,可知此港在历史上所占形势的重要,志上说清初曾建炮台于此。桥建于何时,已不可考,但尚有一块清代嘉庆九年重建百步桥碑记,为钱唐何琪撰并书,在桥北卧龙庵内,一块光绪十四年重建百步桥碑记,嵌在龙华寺内壁间。

〔涌泉〕在静安寺前,俗称沸井,亦称海眼,四围甃石为栏,成长方形,有胡公寿题"天下第六泉"字样。泉旁新建梵幢,系仿印度阿育王时代之石碑式,于民国三十五年五月十五日浴佛节举行揭幕礼。

〔云汉昭回之阁〕阁本在芦子浦,为宋淳熙十年学士钱良臣所建,额为光宗在东宫时所书。阁已久废,而额还存在,现在砌于静安寺殿前墙壁内。

〔淡井庙〕在永嘉路东段,庙有井,味淡,因以为名。宋时建,为华亭城隍行殿,元时,权奉城隍神于庙内,故俗称老城隍庙。现在殿前有元江浙行省中书僕使秦知柔墓,阡题待制秦裕伯墓,实误。

〔城隍庙〕旧为金山庙,建于明代永乐年间,祀汉大将军博陆侯霍光。后知县张守约改建城隍庙,但至今大殿上所供仍是霍光像。后殿始为城隍像。庙后毗连豫园,园内古迹很多,沧桑屡易,已难寻觅。仅有玉玲珑石,犹在环龙桥堍,香雪堂前,相传是宋徽宗时花石纲故物。当时运石渡浦江中,狂风忽起,石和舟同沉没,后用巨绳入水曳起,就是这玉玲珑石。石巅有"玉华"二字,明潘允端曾为筑玉华堂(后人改名香雪堂)。现在堂已被毁,而石还存在。

〔漕河庙〕庙在龙华里西南,创建年代不详,但知是上海古庙之一。庙中有四块碑:一是明代四方形残碑;一是清乾隆五十一年陆锡熊撰重修漕河庙碑记,在正门内;一是清嘉庆十八年陆纶撰漕河庙重并庙界记,在正殿前;一是清道光二年张惇训撰重修漕河庙城隍行祠碑,在东岳殿前。

〔观音禅寺〕在法华乡法华路中段,始建于宋崇宁元年,历元明清三代,中间屡兴屡废。民国七年,僧募款翻建大殿山门等,焕然一新。寺内藏有明代乔一琦写的金刚经石刻,董其昌写的妙法莲华经石刻,和相传明万历间与金刚经同时所镌的十八尊石刻罗汉。山门前又有"慈报大界相"五字石额,相传还是宋淳熙三年赐额所立的。

〔徐文定祠〕在大南门内大卿坊大街,明崇祯时建,祀明礼部尚书兼文渊阁大学士文定公徐光启。徐字子先,上海人,万历进士,从意大利人利玛窦学天文、历算、火器,著有《农政全书》《崇祯历书》等百数十卷。

〔李公祠〕在徐家汇路,祀清文华殿大学士,晋封一等侯李鸿章,清光绪二十七年建。现设复旦附属中学在内。

〔先棉祠〕原名黄道婆祠,初在乌泥泾,清道光六年,改建于西门半段泾李氏吾园之右。清光绪时,园与祠开办书院,后改龙门师范学校,民初再改办省立上海中学。自上海中学迁吴家巷,校址售于巨商改建民房,而祠与园都废,现在仅有一街,仍称"先棉祠街"。

〔徐光启墓〕在今徐家汇天主教堂西南,土山湾西北,南对肇家浜。公殁于明崇祯五年壬申十月初七日,崇祯七年赐葬。墓前有碑坊,立华表,墓上有一高大的十字架,是中西合璧的坟墓。

〔邹容墓〕在华泾镇西百余步棉田中间。邹氏字蔚丹,四川巴县人,于清季昌言革命,与章炳麟同狱,殁于狱内。上海刘三,葬之华泾。民国兴,赠大将军。墓志

图 19 徐光启墓
（原文配图）

铭是余姚章炳麟作,今监察院长三原于右任写。

〔陆深墓〕在浦东洋泾区海兴路东警察局路北张姓屋后,墓前有墓表,篆额为"明礼部右侍郎陆文裕公墓表",明嘉靖二十三年立。墓后有竞存小学,就是陆氏宗祠,礼堂内尚藏有陆深的塑像。后乐园故址,也就在小学附近,只剩一片荒丘。

〔杨斯盛墓〕在浦东六里桥浦东中学内。杨氏以泥水匠起家,鉴于国人不识字的痛苦,毅然毁家兴学,独资创办浦东中学。

〔宋教仁墓〕在闸北宋公园内。宋氏字遁初,号渔父,湖南桃源县人。民国二年三月二十二日被刺死于上海北火车站。

〔五卅烈士墓〕在闸北宝兴路北。此一惨案内,死难的人,有陈虞钦、尹景伊等二十八人。

〔萧德义士墓〕在虹桥路,萧为美飞机师,于淞沪战役中阵亡。

〔无名英雄墓〕在庙行镇泗漕庙旁,为纪念一二八国殇士卒建。

〔陈英士纪念塔〕在中华路方汤路东南,为今蒋大总

图 20 陈英士纪念塔
(原载《旅行杂志》1948 年第 22 卷第 7 期)

统及张群等发起建造,民国十九年五月十八日开工,同年十一月三日落成。塔高八十尺,内设铁梯,可达顶端,外表极崇巍,内部分七级,塔下用大理石镌篆文"陈英士先生之纪念塔"九字,后壁有门,两旁均镌陈英士先生纪念塔记。

〔欧战纪念碑〕在外滩中正东路口,本为纪念第一次世界大战上海外侨死难的人。民十三年二月十六日落成。碑面刊遇难人姓名,两旁有铜做的盔胄盾甲等古代战争用具,碑顶立一和平女神像,手抚一孺子。碑座碑面,有"功炳欧西,名留华夏"八个大字。在日军侵占时,像被拆毁,碑面被磨灭,两旁浮雕及铜做的盔胄等亦被毁去。日军投降后,和平神像得归还,现在英领事馆内,惟因费巨,暂时尚未修复,碑座犹存。

〔第五师阵亡将士纪念塔〕在谨记路南端,与龙华路交点处。塔以石建成,为六角形圆柱,高度稍逊于龙华塔,惟中实不可登。塔柱上书"国民革命陆军第五师阵亡将士纪念塔"十六个擘窠大字,碑座上层题阵亡将官姓名,下层记阵亡兵士姓名。民国二十一年春,熊式辉建。

〔卅二军纪念碑〕在龙华血花公园内,民国十七年六月为纪念卅二军阵亡将士建,碑文为钱大钧撰。

〔警察纪念碑〕在闸北宝山路,鸿兴路口,为前市公安局所建筑。民国廿三年六月廿六日揭幕。碑基座用金山石砌成,碑体是用黑色大理石,四方形,高丈余,镌有市长吴铁城所书"上海市历届殉职警察纪念碑",下端三面,镌有殉职警官姓名,一面刊有柳亚子所作纪念碑文。

〔四童子军纪念碑〕在市商会大礼堂前,为国人醵金所造,于民国廿一年十二月十一日揭幕,纪念童子军罗云祥、毛征祥、应文达、鲍正武四人,于民国廿一年一二八之役,赴前线做救护工作为日军所戕。碑高约丈许,镌有十九路军长蔡廷锴所题"为国牺牲"四字,顶端缀以童子军徽章,形式很是悲壮。

〔普希金纪念碑〕在今岳阳路北端。为俄国诗人亚历山大普希金百年纪念而建,战时被日人所毁,民国三十七年二月重建,塔为三角形,南面镌中文,西北东北两面都镌俄文。碑顶为普希金像。

图 21 上海法租界普希金之像
(原载《新中华》1937 年第 5 卷第 7 期)

〔总理故居〕在现在的香山路二十九号。

〔总理铜像〕这是上海各团体为纪念总理而建筑的,在战前上海市政府新造巨厦外。模型由美术家江小鹣雕塑,连座共九英尺高,全体作棕色,衣马褂及长袍;右手持呢帽,垂及膝际;左手握手杖,足登毡鞋。精神奕奕,庄严伟大,令人观之肃然起敬。毁于体育场军火库爆炸时。

〔宋教仁石像〕在闸北宋公园路宋氏墓前。

〔李鸿章铜像〕在法华乡李公祠内(今为复旦附属中学),身穿黄马褂,头戴凉缨帽,帽后拖翎,足登长靴,作清代大臣的装束。

〔杨斯盛铜像〕在浦东六里桥浦东中学内。

〔李平书铜像〕在南市邑庙湖心亭对面九曲桥畔荷花池中。像本立于小南门救火会内,民三十六年移至今处。长袍马褂,右手执书,作清季儒生装束。凡过九曲桥者,没有不对这位清季的先知先觉领导地方自治的老先生致其敬仰之忱。

此外在黄浦公园内,旧有常胜军纪念碑,为清李鸿章建以纪念英将华尔及洪杨之役常胜军殉难者。马加礼纪念碑,为英侨纪念其领事马加礼者。交通大学内,旧有盛宣怀、荣熙泰两铜像。黄浦滩路有巴夏礼铜像,赫德铜像,卜罗德铜像等,均在抗战期间,为日人所毁,故从略。

上海公园志

秦理斋①

上海无湖山之胜,所以资旅人客子之清游者,惟兹二三园林。然私家所经营如南园,如学圃,如哈同花园,虽雅擅胜名,而平日非有熟人介绍,不易问津。其能朝夕畅游而无禁者,除沪南之半淞园外,仅有四五公园,如浦滩公园擅歇浦之胜,顾家宅公园占人工之丽,万航渡公园存林野真趣,虹口公园宜锻练身心,每当春秋佳日,游侣如云。本杂志主编赵子君豪,既为文以志其胜概,分刊于第三卷之首三号,毋庸为狗尾之续。惟此诸园,皆租界市政当局所建筑,当初外人以偏狭之见,擅为私有,加以我国官厅之阘冗颟顸,不解权利为何物,致有华

---

① 秦理斋,江苏无锡人,《申报》馆英文译员。其死后,因家庭压迫,其夫人及子女等四人服毒自杀,对此鲁迅著《论秦理斋夫人事》(1934年)。本文原载《旅行杂志》1930年第4卷第1期。

人与狗不得入内之章程,不仅腾笑中外而已。幸辛亥已还,国人渐知自奋,经多年之奔走交涉,始得一一开放,为沪埠中外平等待遇之第一声,亦国民外交成功之嚆矢。

是则此数十年悠久之历史,大可供吾人之追溯。爰是搜索西籍,征之故老。述往迹,存掌故,使后之游者,睹景物之清丽,不忘开放运动之不易;念往日不平等之待遇,知国权之不可不宝;思当初禁止华人之由来,知交涉之不可不慎。是亦未尝非寓警惕于娱游,培养邦人国家观念之一助。

一 租界及其市政局之由来

上海之公园,著者有五:曰顾家宅公园,曰万航渡公园,曰浦滩公园,曰虹口公园,曰汇山公园,皆为租界市政当局所建筑。是以吾人欲考公园之设置,与其所以能拒绝华人游览之原因,当先一究租界市政局之由来与权限。

考上海自北宋设镇,元初置县,遂为海运重地,然犹非中外互市之场。直至逊清道光二十二年（一八四二年）订中英南京条约，翌年又订南京附约，始正式开港通商。二十五年苏松太道宫慕久与英领事柏尔福（Mr. Balfour）议定以洋泾浜北首老闸区之一部分，为英侨租地赁屋经商居住地界，协订章程，遂为有租界之始（按英租界界址及洋泾浜北首租界章程，系一八四五年定议，一八四六年划界。今之爱多亚路即当时之洋泾浜也）。盖当时清廷不欲华洋杂处，故于商埠之内，指划一区，作为外人居留之所。其中侨民所享自治权能，乃基于领事裁判权而来，与九龙旅顺等租借地性质，迥然不同。既而英租界推广至吴淞江（即苏州河）及泥城浜（最初英租界北址，在今北京路，西址在今福建路。道光二十八年正月，始推广至吴淞江及今之西藏路）。法美亦援约申请一体待遇。道光二十八年（一八四八年），美人由文主教 Bishop Boone 请准老闸区北部虹口一带为美租界而未划界。翌年（一八四九年）复由苏松太道麟桂会同法领事孟体义 M. Montigny 划定洋泾浜至城河浜（今填筑法华民国路）间为法租界。及太平军起，地方官吏出走，各国侨商请兵来沪，是为外兵保护租界之始。时以局势紧张,政务纷繁,咸丰四年(一八五四年),英法美三领事会同主稿修改洋泾浜北首租界章程,事后得我国政府承认,始由三租界纳税西人,合组工部局,襄理市政,是为有西人市政局之始。旋因法当局力主统治租界内华居民之权,与英美龃龉,同治元年(一八六二年),法租界遂自组公董局,由法总领事为之长,其性质与工部局微有不同。嗣英美两租界亦于翌年合并经营,工部局渐具规模,并有纳税人年会以司地方立法,然其自治权能,直至光绪二十四年(一八九八年),第三次修改洋泾浜章程后,始克确定。

同光以来,三租界屡图推广,渐向界外购地筑路,光绪十九年(一八九三年)遂由中外官吏重订虹口美租界界址,二十五年(一八九九年)复推广英美租界,东至引翔港,西至静安寺,由各国公使议决,将英美旧租界及东西新拓之地,统称公共租界,而工部局亦遂改称为公共租界工部局。时法租界西址,业于咸丰十一年(一八六一年)推广一次,兹又展拓至关帝庙浜(光绪二十六年),民国三年(一九一四年)更推广至徐家汇及斜桥,谓之新租界。自此顾家宅公园,遂在法租界以内。其后公共租界复于光绪三十四年及民国四年再图推广,俱经官绅力拒而罢。故今日虹口与万航渡两公园,虽属工部局管理,仍在租界外也。

二　公园之建置

上海诸公园,以浦滩公园,建置最早。自同治三年(一八六四年)沪道允拨涨滩,同治七年(一八六八年)工部局建筑工竣,迄今已六十余年。在中国境内,或者犹为市立公园之嚆矢,惟于落成之后,二十年间,久无嗣响。直至光绪十五年(一八八九年),始有苏州路公园之继起,时距上海开埠已四十五年。而自外摆渡桥浦滨之设园,亦已二十余年矣。

自是以后,商市日辟,市款渐充,游息之地,陆续增置。光绪二十三年(一八九七年),又添辟公园于昆山路。二十五年(一八九九年)工部局内设公园草地监督,董理诸园,以专责成,于是大规模之园林,渐次筹建。复四年即有虹口公园之落成,当时谓之虹口体育场。又五年,法租界公董局亦改顾家宅营场为公园。既而公共租界东区续建小园三所,惟皆弹丸之地,规模狭隘,仅供孩童嬉戏而已。及民国四年(一九一五年)辟万航渡公园于沪西,始有广大之陆景植物园,供郊游野宴之所,可谓于沪滨公园史上,放一异彩。最近于民国十年(一九二一年),工部局又有南洋路儿童游息场之设置。而公董局亦于十四年(一九二五年)添建爱棠公园于贝当路。顾此大小园林十一处,皆租界市政当局所经营,若国人之自建者,则久无成议。

民国四年,虽遵省令筹备公共体育场,而犹未及公园。直至去年,第六师将士始建血华公园于龙华寺旁,盖亭筑台,广莳花木,纪念阵亡将士。与浦东塘工局之花园,同为国人自建之园林。他如凝和路之也是园,邑庙后之豫园,或设局所,或作商场。宋公园路之宋公园,徐家汇路之松社,则为宋遁初与蔡松坡两先生墓园。高昌庙路之半淞园,军工路虬江桥畔之纪念公园,康脑脱路之徐园,俱为私人所筑之园林,而开放以供公众游览者。

三　浦滩公园之由来

当上海划分租界之初,大吏不欲华洋杂处,犹设华人赁屋置产之禁。故界内除西人商行住宅若干家,及原有村舍外,纯属荒冢野田江滨沮洳之地。及太平军时内地避兵者麕集,而西人亦利华人之入居,由是禁令暗弛,户口渐众。继以长江开埠,商务渐盛,西人来沪通商传教者,其数大增,更多携挈妇孺,以为长久侨居之计。租界之内,始渐呈殷阗气象。然其时市街之间,商店寥落,仍远不若南市十六浦之繁盛。自今之河南路以西,犹多荒烟蔓草,狐兔出没之墟。抛球场遗迹宛然(在三马路大礼拜堂一带),跑马场初迁今址,南京路犹称派克街Park Lane,其屈曲狭隘,亦无异于今日之红庙香粉等巷。苏州河北岸及浦东一带,更多泥滩茅舍荒芜不治之地。即美领事初来驻节,亦复假馆于英租界。外摆渡桥业已建有木桥,在今日吴淞路之南首,惟所有权握于私家公司,车马过桥,咸须纳费。此时市民公余游息之地,仅有跑马场及滚球考夫游艇棒球诸总会。其好而静不喜运动者,以及妇女孺子,晨曦散步之所,只有浦滨一带。于是群感公共游息地之缺乏,而建筑公园之呼声以起。

顾西人虽有建园之议,而英法美三租借侨民并计,不过千余人,财力有限。以是基址经费,两无所出。会咸丰十年,有沙船遭风失事,沉没英领事署前。是处本为两水合流之口,江潮倒灌,易于淤淀,自沙船沉没,水流阻缓,淤积益速,三四年间,已成广大泥滩。其地面临二江,背负通衢,交通既便,风景尤佳,遂为倡建公园者所注意。适其时内地避兵之民,群集租借,房屋不敷,地价暴腾。泥城浜东岸旧跑马场(按跑马场初在抛球场,继迁今福建路与西藏路之间,第三次始迁今址),于同治元年(一八六二年)筑路出售,得银十万两。即经股东公议,捐银一万两,储充建筑公园经费。并以浦滨涨滩,坐落英领事署前,领署有升科之权。乃由跑马场产保管委员会 Race Course Trustee 函请英领事温谦德 Mr. Winchester,一面与沪道磋商填筑滩地,一面转禀英外部。填筑之后,准予拨充公用,建筑公园。及同治三年(一八六四年),沪道允自北京路码头至苏州河(即吴淞江)口止,填筑涨滩,以退潮时最低水线为限,拨充公众游息场地。而英外部亦复允侨众之请，但附带条件，如日后不作公园，须由领署收回。至是倡议多年之建园计划，始有实现之可能。又二年，工部局遂雇工挑挖洋泾浜淤泥，填滩筑岸，莳艺花木。先后支用银九千六百两，而于同治七年(一八六八年八月八日)落成，称为公花园 Public Garden。设公花园委员会 Recreation Committe (亦称 Garden Committee 与今之 Park Committee 公园委员会有别)，以董理之，委员六人，任期一年，维持之费，支自市库。于是上海商埠，始有二十余亩之公共花园，为当日侨民惟一社交之场。嗣后园基一再填滩扩充，会增至三十余亩。惟以民国十一年宽放浦滩马路，划园之西鄙为路基。故今之面积，视前所增无几，仅占地二十七亩九分八厘八毫而已。

此园在浦滩外摆渡桥之南堍，故又名外摆渡桥公园(讹称白大桥公园)，亦名黄浦公园，西人则谓之公花园。园虽不广，而□□歇浦，左倚淞水，独揽二江之胜。每当晨曦初上，夕阳欲下，霞光返照，紫霭笼江，又或晴空万里，水月交辉，阴雨霏霏，烟锁雾迷。四时之景色不同，而斯园之胜概无穷。至若登假山，步江亭，江水汪洋，烟

图 22 外滩公园之鸟瞰图
(原载《上海地产月刊》1930 年第 5 卷第 35 期)

波浩瀚,听涛声之拍岸,观轮舰之出没,更令人兴乘风破浪之思,足以拓胸襟而长志气,有非他园所可企及者。

园内有喷泉二所。一在石假山前,为光绪十四年(一八八八年)西人伍德 Mr. A. G. Wood 所捐赠,两童子持伞独立,水自伞顶淋漓而下,暑日过之,几疑甘霖之自天降也。一在音乐亭之西北,状如假山,水自巅出,高腾尺许,风过处,如喷珠,如散雾,下汇池沼,泳以红鳞,视持伞童子之凄幽清冷,淙淙作声者,又一景象。考诸记乘,则为光绪十八年(一八九二年)西人纪念上海开埠五十周斥资所公建。昔当草地中央,自民国十一年划园地以广马路,遂僻居墙隅。泉北有华表高耸天半,为英人纪念其领事马格莱而立,Mr. Augustus Raymond Margary(马氏奉英政府命探视中缅通商路线,于一八七五年归途被戕于滇)。园北草地一方,负浦带淞。即民国十一年新筑涨滩,中有一碑,额曰得胜军,乃太平之役纪念常胜军阵亡将士者,与我人不无若干关系。此碑初在南首石假山旁,自去年改建大门,遂移于此。

考此园之将成也,英领会致函沪道,以地属侨商公用园林,请豁除年租,免予升科。沪道于同治七年(一八六八年)六月二十日复函应许,略谓园虽外人填筑,地仍中国官有,姑念座落英领事署前,专充公众游息之用,永不建屋居住,准其免缴年租,但日后倘有违背前后项情事,即行没收归官。及工部局接奉英领事转知后,工部局董事会曾于地属中国官方一层,提出抗议,宁愿升科领契,缴纳年租,以英领不准而罢。惟当日中国官厅既有不愿华洋混杂之心,尤乏权利观念,故于复文之内,遽承原函语气,未为国人声明游览权利。遂以一语之疏漏,启六十年不平等待遇。视市款建置维持之园林,专为外侨之娱乐享用而设,而嗣后诸园之增辟,亦一以适合西人之需要为标准矣。

浦滩公园落成之前一年,工部局又在外摆渡桥西首苏州河南岸,填筑滩地,拓为预备园。建花房,植幼苗,充培养花草之所,并交公花园委员会管理。既而工商部另设苗圃,遂以园专充陈列名卉培植热带植物之用。现有花房两所,地炉一座,园址亦一度扩充。惟因宽放苏州路,已自五亩六厘缩为四亩二分,其基地亦属官滩,未曾升科纳租云。

四　最初二十年之公园

浦滩公园拨给基地时，虽以官厅颟顸，未为国人声明游览权利，然落成之后，十余年间，固犹未公然设禁，仅授令巡捕，限制下等华人不令入园而已。观于光绪七年（一八八一年四月六日），颜永京、唐茂枝等以入园被阻，质问工部局，及工部局复函，可窥当时情形之一般。颜函系用英文，致工部局秘书长（即总办）韬朋氏，内云：

> 径启者，仆等皆本租界纳税居民，兹欲奉询于左右者，华人游览公园，未知章程若何，似未见贵局正式布告。仆等因常见园中有华人游览，昨亦偶往一游，讵竟为管门巡捕所阻，未识其故，敢乞明示为荷。顺颂
> 政祺
> 颜永京（虹口医院）　唐茂枝（怡和买办）　袁谟（译音）　唐炳仪（译音）　陈辉廷　钟霭棠（译音）　王永清同启。四月六日

工部局秘书长接函后,即于二十日答复如左:

径复者,接准六日台函询及华人游览公园章程事,兹奉董事会命,此园面积有限,势不能尽容华人入游,事甚显著。惟巡捕固奉有命令,凡衣冠整洁之上等华人,一体容许入园。倘有被阻情事,乃出于管门巡捕误会,本局所引为遗憾者也。相应函复。即颂

台绥

韬朋谨启　四月二十日

顾工部局复函,虽称容许上等华人游园,但五日之后,又致函颜永京等,申明不认华人有享用公园权利。其意盖谓容纳华人游览,乃优待地主之所为,出于西人善意,而非华人固有之权利。函云:

径启者,关于二十日复函,兹奉董事会命,续有所申释者。工部局不欲永认华人有享用公园之任何权利,因据一八六八年六月二十日英领事温谦德致苏松太道函,此园乃拨作体育场或公园,供侨沪外人之用者也。相应函达,即希鉴察为

荷。顺颂

台祺

韬朋谨启　四月二十五日

观于函中所称不认华人有享用公园权利，乃根据于英领事之函，固全出于西人单方面之主张。设当日我国官厅能于复函时，依据基地产权及公园意义，声明华人同有游览权利，则西人将无可强辩，日后即以园址狭隘，亦只能取缔下等华人而已，必不能完全禁止华人游览也。吾故曰，上海公园六十年之不平等待遇，皆当时官厅阘冗颟顸，未为华人声明游览权利之所致，自是未及五年，遂有禁止华人入园之举。

五　第一次开放运动

工部局禁止华人游览公园之后，绅商陈咏南、吴虹玉、颜永京、谭同兴、唐茂枝、李秋坪、唐景星、陈辉廷诸人，遂于光绪十一年（一八八五年十一月二十五日）联名具函抗议，请工商部设法取消不平等待遇，作有限制之开放。函中衡情酌理，反复推论，并提出办法三端：

（一）设华人游园证。由工部局凭界内华洋著名人士介绍填发，或由著名华人组织委员会填发。

（二）每周指定二三日，为华人持证游园期。

（三）公园既狭隘，可将浦滩草地，布置花木，添辟公园，不论华洋人民，皆可自由出入。并令音乐队间一奏乐其中，当可减除华洋待遇不平之恶感。并附带建议，就跑马场旷地（按即上海体育费保管委员会产业）开沟平治，栽植花卉矮树，辟作公众游息之所，则其面积广大，足给全体市民之需要而有余。

原函见《开放运动之史料》，此函实为开放运动之第一声。当时工部局亦知禁止华人游览之不合情理，故即诿诸纳税西人年会解决，当于十二月二日复称"工部局于诸公要求，容许华人于某种限制下入园游览之情况，深所了解，甚表同情。但在未经外侨表示意见时，未便以此特殊权利相允许。故以为最圆满办法，唯有请诸公将此问题，提出下届纳税西人年会。而浦滩草地与跑马场内旷土，辟作公园办法，亦可同时建议"云云。

顾工部局复函虽若是，旋即设有华人游园证，由公花园委员会或工部局秘书长,据华人之请领,酌量签发。每证以一星期为限,可由领证人携带亲友,于指定时间入园游览。但限制綦严,领取不易,故华人索证者寥寥。观于公花园委员会一八八九年报告,曾称:

> 本年以开放公园运动之骤然急进,华人突起游园之兴,入夏以来,索证者綦众,致不能不于签发之际,加以限制。

然其所谓索证綦众者,果有若干起乎?则如下表:

一月	无	二月	二张	三月	七张
四月	四张	五月	十六张	六月	十七张
七月	三十五张	八月	六十五张		
九月	十三张	十月	八张		
十一月	十四张	十二月	二张		

总计全年共签发一百八十三张。通扯每张入园四人计,则通岁不过七百余人,平均每日二人而已,乃已视为綦众,谓有设立限制之必要,则亦可见当时索证之不易矣。

惟工部局虽有游园证之签发,而陈咏南、吴虹玉、颜永京诸人,以其性质与前所函请者迥殊,故于开放运动依然猛进不懈,连年运动纳税西人提出议案,而西人辄互相推诿,奔走数载,荏苒经年,毫无结果。忍无可忍,乃思假手于官厅,遂于光绪十五年(一八八九年)联名具禀苏松太道龚照瑗,略谓:

> 前任道宪之拨给基址,俾洋商建筑公园。当时既曰公园,则其基址,固仍为中国官地也。嗣后莳花筑亭,逐年维持之费,亦一皆取诸中外人民所纳月捐,而租界内中国居民之捐款,又居总额大半。是此园之有今日,未尝不可谓非出自华人之力。故其落成之后,就权利言,自当不分国籍,一体待遇。而我华人,更居于地主之位,应得自由出入,以联宾主之欢,敦两国之谊。乃今工部局定章,东西各国绅商,不分畛域,咸得入园,独我中国人士,反遭摈拒。其不合情理,可谓无过于此者矣。

又谓:

> 商等非以其园风景之佳,必欲一游而后快。诚以其基址既属中国官地,其费又大半取诸华民捐

税,而中国人民,反寸步不得入。不平若斯,小之足以辱及个人,大之丧失国家威严。试问此园既以公共为名,果将居我华人于何等地位。爰敢不避冒昧,仅将前与工部局往还函件,抄呈宪察。倘荷转函英总领事,饬令工部局,迅加审议,采仿香港新加坡之制,修改园章,实为德便。

沪道据禀,旋于阳历三月十一日致函英总领事休士Mr. P. J. Hughes。英领即照转工部局,饬令议复。

工部局总董,当于三月二十三日呈复英领,略谓:"游息地委员会,据上等华人声请,填发游园证,行之业已数年。此证以一星期为限,得于指定时间入园游览,是一八八五年华商等所呈请者,业已酌行。且查公园之地,久已发与外侨使用,年来专作妇孺游息场所。以华民之众,倘任其无限制入园,以园之狭小,将失建设之本旨。希望今后华人,仍如向来办法,经由公花园委员会享得游览权利。"等语兼附呈游园证式,请英领转复沪道。

自英领函复沪道,即不闻续有所交涉。大约当时官厅,得工部局填发游园证之复语,即认为满意。不知游园证之填发,经由公花园委员会,与经由华绅商合组之

图 23 公园开放声中之外滩公园园景
(原载《上海生活》1926 年第 1 期)

委员会,虽仅属手续之不同,而一则权操于彼,容我游览,乃出于彼之特惠,一则权操于我,表示我亦享有游园之权利。故两者于权力之出入,大相径庭。设沪道当日能将发证之权,争归我有。即虽不获中外平等待遇,亦至少可免日后之完全拒绝华人入园也。自是以后,华人以索证之不易,又有私人花园,如愚园、味莼园等供品茗游息之所,遂罕往游者。未几而此优待地主特惠,亦无形消失。至光绪二十年(一八九四年)设置公共体育场,遂有"华人不准入场"之明白规定,是为第一次开放运动之失败。

自浦滩公园拒绝华人游览,迭经我国人民抗议,官厅交涉,工部局知难自解,遂有为华人另开公园之议。光绪十五年(一八八九年)乃就苏州河南岸里摆渡桥之东,Ince 洋行前滩地,建筑新公园 New International Garden。翌年十二月落成,中外游人,不分畛域,一例待遇。另设委员四人,组织新公园委员会,董理园务,华人占其一,第一任为蔡君(佚其名)。又翌年,即改园名为 Chinese Garden,俗遂称之为华人公园。更以浦滩公园之只准外人游览也,亦改呼之曰西人公园。惟新公园占地仅六亩二分一厘六毫(亦未升科纳租)。园址既狭,布置亦疏,不久即流为小工苦力休息之地,缙绅先生,足迹罕至矣。

惟西人虽以偏狭之见,摈拒华人,致中外感情,常生隔阂,未能如水乳之交融。其有识之士,亦深知其不当,常思有以补救之。光绪十五年既建筑新公园,迨二十年后,青年会议设体育场。先后于江湾路畔购地二十五亩,除华人自集捐款外,两次请工部局拨款补助。工部局俱表同意,曾于宣统二年拨助五千两,三年又拨助三千八百两,期能稍稍融洽中外感情。又宣统元年愚园有出售之讯,公园委员会即建议于董事会,请购作华人公园。经董事核议,于建园原则,深表赞同。惟以园址仅三十三亩,多亭馆而少林木,不宜改建公园,其议遂寝。然自是以后,屏除华人之禁令渐弛,对于西装入园者,概不禁阻。迨宣统三年订立汇山公园规则,民国二年重订浦滩公园规则,民国三年订万航渡公园暂行规则,民国四年重订虹口体育场规则,均不复有"华人不准入园"字样,仅称"本园专供外侨游息之用"而已。

龙华记游

田稻丰①

三月初一,我乘着校中中级学生②罢课的时候,早六点到龙华,以作竟日之游。到了徐家汇,就拿美孚洋行大班汪家源先生的一个介绍信,投入天主堂一个神甫,所以就得参观以下的各处。

一　李鸿章祠

里面有李鸿章的铜像。我们知道鸿章是清朝的有

---

① 田稻丰(1891—1922),字润生,号瞻庐,湖北蕲春人。早年就读于武昌第四师范,后毕业于金陵大学。1922年5月24日在上海外滩太古码头失足坠江而亡。生前勤于撰述,文章散见于京沪报刊,其中较有代表性的有《论基督徒应如何救国》《"五一"是什么?》等。本文原载《青年友》1921年第1卷第11期。

② 上海以马内利中西女学校,在当时贝裪鏖路(福煦路角)。

名人物,对于清廷颇有中兴之誉。我们今天得见他的遗像,引起许多"沧桑变幻"的感想。我说鸿章,汝鬼有灵,汝对于今天的国家时局,还是哭呢,还是笑呢?

二　天主堂

徐家汇天主堂,在徐汇路西首,建筑规模,很为浩大。内面的布置陈设,庄严肃穆,大有森罗殿上之概。正殿有圣马利亚抱着圣婴耶稣的像,面前摆上许多蜡烛、鲜花、刺绣地毯一类的东西。殿的两厢,也有马利亚和耶稣像,也有使徒彼得等像,也有神甫像,并挂许多耶稣受难的画片,雕刻磋塑的工夫,皆是精而且美的。有二三个天主教的女教友,跪在旁边的一个马利亚面前,虔虔诚诚的,在那边祷告。

三　徐汇公学

是天主堂办的,分男女两校,男校在河东,女校在河西,共有几百个学生,规模很高雅。管理教授采严厉主

图 24 徐家汇天主堂
(原载《中华》1937 第 50 期)

义。一个花园草地的中央,造了一个亭子,中间供奉耶稣的像,面前还有跪拜的东西,想必是学生叩头用的。校中的课程,用中英法三国文教授。肄业学生,皆不勉强作礼拜,更不勉强信教。

四 天主堂藏书楼

有六个书库,第一是天文学书库,第二是博物学书库,第三是汇学书库,第四是耶稣会读书修士的书库,第五是江南修养院书库,第六是中西大藏书楼。这六个书库,第三是附于徐汇公学,第四是附于震旦学院,第六个顶大有六幢高。六个书库,所藏的书,有天文、博物、史地、神学、哲学、拉丁及各国的文学,各国的杂志日报,我国的经史子集及各种文集、碑帖古钱,各国新旧邮票等,皆非常的丰富,真是"目不暇顾"了。

五 徐汇博物院

在天主堂附近。除活物外,有鱼虫鸟兽骨格的标本

图 25　徐家汇藏书楼书库
（原载《中华》1937 年第 50 期）

图26 徐家汇气象台
(原载《科学》1937年第21卷第1期)

很多,以及介壳类、两栖类动物等。

六　天文台

创自同治年间,光绪二十七年重建,名曰观象台。为测验天气、报告风力、发气候单等事,每天通电两次,到各国商埠。台中管事者,有神父,有中国人。

在徐家汇各处参观以后,就在一个茶楼上憩息一刻,就到龙华。相隔有十来里,一望平坦。路上虽无山水园林之胜,但是那清鲜的空气,和暖的日光,无风无云,幽幽雅雅,足以慰我们的游行,增加我们的快乐。较比在大世界、新世界,触烟味、嗅汗臭,觉得是幽雅多了。更有那地上的花儿,路旁的草儿,在那边摇摇摆摆,似乎表示欢迎我们的样子。还有那树枝儿上的鸟儿,发出极美妙可爱的嗓子,在那边道:游人游人,高兴高兴。那一种声音,送入我们的耳鼓,实在好听。又有那乡人啦,学生啦,牧童啦,樵子啦,渔夫啦,舟人啦,男男女女老老少少结伙儿的往往来来,颇不寂寞。再和那些碧绿的杨柳,淡红的桃花,互相映射。苍翠麦子,畔里蛙音,真是

图 27　徐家汇天文台内部工作情形
（原载《良友》1928 年第 27 期）

图 28 龙华塔
(原载《进步》1912 年第 2 卷第 6 号)

桃花柳外，柳外桃花，把这一幅天然活跳的"春景图"，点缀的一百二十分的美丽。走了好一会儿，在我们的眼帘前早映着一个七层的宝塔。于是我们知道是龙华到了。在龙华参观了几处，把它写在后面。

一　龙华塔

是汉朝造的，高七层，因楼上已毁，故不许人上去。还有几个西国人在那边拍照。

二　龙华寺

建于吴赤乌十年。烧香的很多。因为这一天是开放的日期，庙里的香火弄的烟雾迷濛，我们不敢进去。

三　龙华井

在寺的跟前。井里的水，一个是混的，一个是清的，土人以为希罕，但这不过是地质学和水学的关系（俗称龙井）。

四　龙华公园

在护军使署旁边。里面有一个亭子,和几株大树,并没有什么花草,恐怕不久就要被淘汰的了。

五　龙华镇

那不成条款的街道,是很污秽的。商业北方人居多,所以江南的村镇,一变而像北方的村镇,倒有八九分像徐淮一带的镇市。街道很窄,垃圾满道,又没有看见什么警察。我们进了一个茶肆,吃了些茶点,招待又不好,价目比英大马路还贵。

六　龙华车站

有新旧两站,距上海北站约三四英里。三等价洋五分。为沪杭甬路车站之一。由此乘车至北站,只需十余分钟。

七　龙华格致园藏书楼

在龙华路。藏书虽富,总不如徐汇藏书楼的丰备。阅书时间,上午九时至下午五时。

其外尚有龙华孤儿院,兵工厂,护军使署等处,未及往观。到下午五点钟,顺着龙华路的马路,经过日晖港,高昌庙,在高昌庙不远的地方,乘上汽车,风驰电掣的送我们回寓所。这时候已是万家灯火,我的笔记也就此宣告再会了。

游沪北爱俪园记略

承 祖①

新篁拂槛,乳燕语梁。长日困人,小窗多暇。适友人见惠爱俪园门证一纸,遂于午后邀同学数人,散步其间。引泉种树,累石为山,不伤穿凿,亭台留客,花鸟迎人。于心至不能忘,爰于灯下抽毫记其大略,时正癸丑夏四月中澣也。

园大百数十亩,门北向,入门平坦大路,两旁嘉木葱茏,野卉缤纷。有海棠轩,中贮经典,轩后平芜一片,中豢孔雀。稍进,路分二歧,余等由右路进。树阴中磊石有亭,颇新耳目。路旁素衣玄裳,有鹤向人长唳。迎面西式双扉,颜曰"欧风东渐"。入门为内园,清流一泓,落花溶溶。路右洋房数楹,窗户幽静,树影森森,石笋林

---

① 承祖,生平不详。本文原载《童子声》1914年第2期。

矗,长廊倚墙,接园主内室。迎面石阶赭墙,路折向左,有亭曰"环翠",接曲廊。顺廊行入一院,有堂曰"戬寿",陈设精雅。堂后曲户幽深,园主住宅也。对堂有厅,内建舞台,颜曰"天演界"。庭右怪石岩岩,曲径通幽。度石扉曰"松脊",得圜门上题"涌泉小筑"。

出门为外园,门前龙吟细细,凤尾森森。长廊曲折,引人入胜。顺廊行,得一轩,枕山俯溪,曰"延秋小榭"。入内小憩,明窗净几,布置不俗。榭后有冬桂轩,时正装修,未得入览。绕溪垂杨绿竹,摇曳红栏石凳间。出延秋小榭,右行渡飞流界,接挹翠亭。亭面镜湖,沿湖怪石嶙峋,杰阁红桥,隐约山坳树杪间。亭右有石崖二,曰"龙眠",曰"水芝"。出水芝,有小屿,横卧湖心,上盖亭曰"小瀛洲"。沿湖行,渡石梁二,曰"堆碧",曰"鳌背"。有船厅依山傍水,额用蒙庄语曰"藏之于壑",分上下层。有台可赏月,开窗可垂钓。自遥望之,俨然秦淮间画舫也。复沿湖行,渡长桥,过高崖曰"石砰台"。拾级而登,有阁曰"铃语阁"。左有涵虚楼,为园中最高部。出楼左行,得月门,颜曰"大好河山",亦曰"别有一天"。出门平阳一片,芳若茸茸。有文竹亭,亭内几案,均以竹成,殊觉别致。入亭小憩焉。亭之右有温室,内贮花卉。

循路行,紫竹林中,露院门曰"智林",院内小斋,空不置器,中竖巨鉴,此院为浮屠谈经所,或用明性见心之意。出斋顺廊行,有曼陀罗华室,中供佛像。室后新荷田田,有池曰"阿耨"。绕池行,柳丝拂面,清溪通塘,塘中盖茅为亭,四面临水,维舟可通。余等觅得双桨,顺流荡漾。晚风披襟,鸭绿鳞鳞,塘接柳湾,一脉可通。

过塘有紫藤棚覆路,惜伊时花已离蒂矣。行数武,得一院,院多梅树,颜曰"绛雪海"。有楼曰"望云",纸窗木榻,别饶兴趣。院后伐竹作廊,接一竹亭。再左行有卍亭,盘旋曲折,误其门径,进退不易。亭背小塔七层,矗立池心,池养金鱼,游泳自如。复越境穿树,隔溪有庵曰"频伽精舍",渡以小桥。庵内水阁回廊,静无嚣尘。前有菜圃一片,嘉蔬累累。庵右行过小筼筜谷,有万生囿。内豢山禽水凫,野鹿灵猿。囿旁蔷薇编栏,时正吐华,鲜艳悦目。栏内绿叶成阴,果实满枝。

复返原路,顺柳湾行,一脉通湖。左侧有亭曰"观渔",右侧高廊渡树,势若长虹。复前行,左则平芜一片,有小亭立山巅。越山即船厅处,顺原路上,则初进分歧

图 29 爱俪园观鱼亭
(原载《广仓学演说报》1916 年第 2 期)

处也。园内路径复杂,亭阁参差。余所记者,不过记所遇,非敢谓全貌也。余兴未尽,系以诗曰:

> 花里窗栊四面开,凭栏多少好楼台。
> 凝眸小立斜阳外,潭影山光上眼来。

> 天风吹动角檐铃,才渡山亭又水亭。
> 柳拂衣襟花打帽,行人都入画中青。

半淞园记游

林岳高①

丙寅之春,余负笈来沪,从自然之故乡,投入物质烦闷之摇篮,精神上之不安定,盖已达最高度矣!课余之暇,辄从友人问沪上之佳山水。佥云:龙华寺半淞园,皆饶佳趣,君须自往,方能领略得到也。余自是欲游龙华寺及半淞园者屡矣,而苦无伴侣,宿愿终不能偿。

某日,大雨滂沱,余友周子运宜②,戏谓余曰:"设明日晴明者,余当伴君游半淞园。"翌日晨起,阳光灿烂,庭前小雀,啁啾上下,一若促余等就道者,私心窃喜,纵运

---

① 林岳高(1900—1939),名伯陶,湖南益阳人。毕业于沪江大学哲学系,曾多在上海报刊上发表文章,如《粤汉铁路之评价》(发表于《青年月刊》1936年第1期)。本文原载《国大周刊》1926年第28期。

② 即周扬(1908—1989),字起应,湖南益阳人,文艺理论家,有《周扬文集》五卷。

图 30 半淞园一角
(原载《上海画报》1928 年第 407 期)

宜食言,余必强之使行也,余与运宜约定且行矣,柏森亦自校归,欣然加入,余等遂于上午十时出发,相约步行,以视他之人游半淞园必乘汽车电车者,特色多矣!余载言载笑,欣喜之状,有类小儿之投诸慈母之怀。盖天性爱好山水自然之美,自来沪后,鲜有兴会,欣赏自然,今日之游,将以补余精神之损失,余安得不喜出望外耶?

半淞园在沪四高昌庙,位于浦江之东岸,浦江者,吴淞之支流也,为姚伯鸿先生所创办。余等既至,购券入门。门前有曾熙手书之联云:"半局棋争着,淞江月满园",有横额曰"无尽藏"。入门数武,有一厅,题曰:"尘境蓬壶",笔力遒劲。经回栏左行,抵一室,陈设精雅,有联云:"是真城市山林,当鲈脍啖罢,鹤唳听余,要领略个中天趣;斯亦辋川盘谷,愿鸿爪痕留,马蹄尘息,莫放过此处风光。"中悬创办半淞园缘起,因得知该园之取义,盖出杜诗"吴淞半江水"也。更前行,有石坊题曰"云路",旁一联云:"水木湜清华,一年好景君须记;山间有余映,万方多难此登临。"循土阶蠕蠕而上,道旁花草,布置天然,增人美感。立假山头,俯首瞥见二三小艇,浮游而上下,池水绿波,风微吹而荡漾,洵佳景也!旋随级下,抵一堂,精雅绝伦,颜曰"江上草堂",有联云:"终岁作劳人,偶得闲游,绿水青山应笑我;中原无乐土,忽逢胜景,名花好鸟亦如仙。"又折而南,有花圃,颜曰"群芳圃",旁有联云:"有竹有花有山水;半村半郭半淞园。"园内杂植百花,万紫千红,令人几乎目盲! 余等至是疲之殊甚,于是相与品茗于吴江秋影亭中,相约且说一秘密事,说毕,笑声与鼓掌声齐起,几不知人间世尚有所谓忧苦事也!

稍倾,游兴复浓,重整旗鼓,作二次之游观。沿池岸行,小立桥头,绿杨垂丝水面,小艇经行,丝丝扑游人之面。斯时也,余真陶醉于自然中矣。行行重行行,行至尽头,有茅亭一,题曰"问津",稍下又题曰"买棹处",深得自然之佳趣。又循假山石级而上,山腰有亭翼然,颜曰"万象环列",又有联云:"叠石为山,居然有烟云气;凿池引水,何妨作濠濮观。"亭前少坐,俗处都忘,有飘然欲仙之慨! 旋至一坪,碧草如茵,秋千一架,士女争戏。余等观毕,即信步至假山之无人处,席地而坐,谈笑移时,不觉钟鸣四下,遂暂与名园分手,安步而归。

余初旅沪,每恶此间车马喧嚣,煤烟弥漫,无山林泉石之胜！今观斯园结构，溪山林屋，邱壑井然，不啻画图，人力胜天，得未曾有！令人有辋川摩诘香山池上之想！他日重游，当更作竟日留连，誓不辜负此间佳景也。因纪其厓略如此，以为异日重游之印记耳。益阳林伯陶记。

一九二六，五卅纪念之晨

六三园之游

程寒鸦①

六三园,日人白石氏之私产也。每居樱花时节,则全园开放,任人观览。上巳后一日,天气晴朗,春风和暖,雇车往游。

入门,迎面一假山石,上镌"六三园"三字,不知何所取义。旁树石笋,苍苔丛生,草竹交柯,绿叶婆娑。樱花沿路植,惜萎谢过半,落英缤纷,微风起处,如雪片翔飞,傥被颦卿见之,又当哀感而瘞之花塚矣。间有二三株,尚花满枝头,色殊素艳,似故故迟开,以赚人留恋者。柳丝垂几及地,被风梳拂,袅袅生姿。满园春色关不住,不啻为此园咏也。

园之中央,草场一片,柔茸若铺茵褥。场左有挹翠

---

① 程寒鸦,生平不详。本文原载《紫罗兰》1926年第1卷第11号。

图 31　六三园之杜鹃花畔
（原载《紫罗兰》1927 年第 2 卷第 10 期）

亭,建设殊雅致,中悬一联,系吴昌老所撰,其联曰:"主人好古,彝鼎满屋;名园得水,草木皆春。"亭外榜联则:"天上四时春,看好花不断,明月长圆,缥缈蓬莱几洄溯;坐中前度客,尽旧谱留题,新诗覆瓿,大千萍梗话因缘。"

亭之对面,有猴槛一,中畜三猴,活泼几不知被囚,或有投以食饵者,则跃而掬食之,猴性喜动,信不谬也。旁复有鹤亭、兔笼、孔雀亭等。余至孔雀亭畔,适一游客以手指拨孔雀之尾,雀惊,鼓其臀䐴,遽即开屏,彩羽斑斓,绮丽极矣。

由径往内,步小桥,一泓溪水,清澈见底,游鱼二三,浮沉其间。左折过曲栏,循敞廊,穿矮户,则内园在焉。葱翠之色,映入眼帘,盖是处有一土山,山虽不及丈,而松柏盈巅,满山披绿,如展画图矣。山腰缀一赝鹿,厥状甚肖,铜耶石耶?惜未曾摩挲,不敢遽断。山头之人造瀑布,水潺潺自上下,蜿蜒入池,饶天然趣。俯视花圃中,红花绿叶,不乏佳种,余遂下山,意欲赏览一过,豁我愁心。值花佣适在灌溉,余恐水花湿衣,即取道转出前园,略事观瞻,别园而返。此游宋子有年偕。

也是园之春

郭兰馨①

春,春好像一个浓妆艳丽的少妇,桃红的脸,杨柳的腰,枝上娇莺的请啭,绿波的微笑,都好像一个风情浪荡的少妇。她是可以给人多少的迷醉啊!

我现在落笔到春之芳踪的一角。

这小小的也是园,那些桥石湖亭,都缀点得很精巧,我们对于风景的赏领须缓缓地细味出来,不可过屠门而大嚼般的一口气就走遍看尽,这是伧父的行为,不配赏鉴大自然之美。美酒饮当微醉后,好花看到半开时。此中才有值得追恋的至味。但可为知者道,难为俗人言也。

---

① 郭兰馨(1907—?),江苏南汇人。作家,书法家,星社成员,杜月笙门生,著有《烽火下的萍踪》《梅瓣杂记》《织露丝姑娘》《灵肉之间》等。本文原载《学校评论》1931年第1卷第3期。

图32 也是园
(原载吴友如《申江胜景图》,清光绪十年上海点石斋版)

风朝,月夜,雨后,新晴,在天时的变化中,风景也随之转变。所以小小的也是园,也值得低徊。

春最初披了嫩绿的轻纱到了人间,我按着惺忪的倦眼,啊春来了! 春的来临,好像是和恋人的久别重逢一样。一个幻感,是溶溶的艳影掠过心头。

从横过湖的小石桥上过去,就是一株拂栏临水的弱柳,依依撩人,好像一个宛转柔媚的少女,对你有情,但好像对你未必有情,那样的若即若离,不可捉摸。多么耐人寻味啊! 沿湖的许多桃花,一瓣瓣,一颗颗,一点点,分明像许多讨人欢喜的粉脸,那样和艳,那样动人。你不必至玄都观里,也不必到龙华道上。

白鹅,展开红的掌,在湖里拨水。悠悠,自然,逍遥。

那块"积玉"耸立着,他假使能够说话,一定告诉你阅过几多沧桑兴废。他真像一个饱经风霜,深于世故的老翁,独立在西南一角。冷眼看那名利网中的俘虏,胜利的欢笑,失望的哀歌,他终是寂然无动的立着。

假山背后有一扇小的墙门,通着一个石洞,这里好像传奇小说里描写的一样。那些才子佳人在后花园私托终身的场所,好像一个聪明的婢女,为她楼头多情的小姐,青鸟传书的从这洞里穿过去到公子的书房,别有一般风味。

有亭翼然。缃桃怒放在亭畔,石榴树苫着嫩叶。这样的山亭一角,在三五月圆之夜,春雾坠中,仿佛是十八世纪热情伴侣,约会了偕奔的所在。夜儿悄悄,心里的热情飞迸,在缃桃花下拥抱甜吻,缃桃瓣像那少女唇上遗剩的红脂。

玉兰花下的石洞里,有一个万喜良的石像,是在拆上海城时取出来陈立的。悲惨的面容,仿佛被秦始皇当年活埋在长城里时一样,也像想到了他红闱里的妻子孟姜女,在唱寻夫的春调。

还有曲折的长廊,连着梧桐的庭院,也是园的风景很不坏,也是园之春更使人拨动幻影,但在园里的人们不要太奢望,假使奢望,就使你失望的。你要用你的理想去现实你的春,现实的春来洒动你的幻想。春是笼罩着人间,藏在人的心头。

一九三一,四,十七于也是园

申园夜花园巡礼

泽 华①

在报纸的广告栏,看到一则"裸……妙……崭……盖罩日光浴,胜过模特儿"的广告,是怎样的富有诱惑性啊! 拆穿了说,这又不是上海人的新噱头吗?

在一个星期六的夜晚,终于带了一缕尝试的心情,到了所谓"大胆公开表演"的"申园夜花园舞厅"。

车子在康脑脱路延平路向左转了个湾,就看见"申园舞厅""荣生花园"的霓虹灯牌坊。车子直驶进霓虹灯牌坊下面的弄堂,在弄堂尽头,又见到和牌坊同样的霓虹灯牌子,目的地到了。

花园门前电灯照耀得如同白昼,门首有几个武装的中俄保镖。在下车时就听到"洋琴鬼"弹奏的乐声和女

---

① 泽华,生平不详。本文原载《摩登半月刊》1939年第1卷第1期。

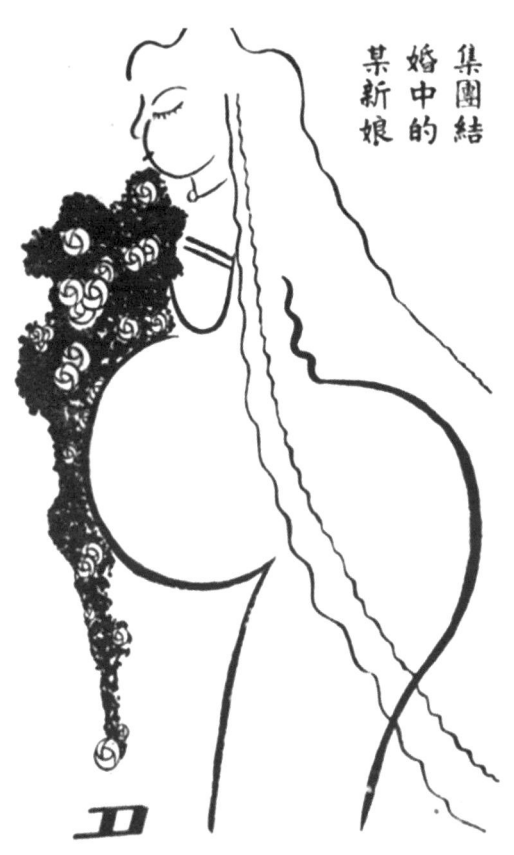

图 33　申花园集团婚礼中的某新娘
（原文配图）

人的笑声。一进门就是一个小园,园的中间一座小池,池中竖着一座光洁细致的石人像,由石人头上喷射出来的水,是那样一缕缕的带着一丝迷人的气息。

园中遍植着矮矮的柏树,绿叶丛中点缀着许多盏红绿小电灯,远远的望过去,恍如星海。许多男女就在这星海里面徜徉,谈情说爱,自然也是免不了的past,这情景,是怎样富有诗意的黄昏啊!

园的左方是一个狭小得可以的舞厅,舞女们不是"八月之花",就是"七四一一",那样懒懒的倦伏在椅子上,像胜望着什么而终于使她们失望似的那样无聊。就是有几位舞客,可是当每支音乐起奏时,在舞池里依然显得十分稀疏的样子。这情景,令人感到一种凄凉的没味。

在舞厅内坐了下来,吃些冷饮,吹吹凉风,倒还舒适。可是蚊虫的骚扰,实在有些吃不消。舞女们也在听说"蚊虫讨厌",这确是实在的,在她们那半裸着白嫩的大腿上面,委实禁不起那成群的横戈跃马的勇士哩!

因为不堪蚊虫的骚扰,不久便信步走入舞厅前面另一小池上面的水台上。那里已有许多人布成紧张的场面,原来这儿就是游客们一掷千金无吝色的摊场。

再走到其他屋内看看,又发现一处轮盘赌,跟两处廿一门头。这其间,挤满了带着满腔希望的人也带着满腔绝望的人,场面自然是极其紧张的。可是,在这紧张的场面里,也有着一缕温馨的气质,这便是廿一门头所表现的一种特殊的情调了。

在廿一门头,摇手和吃赔钱的,都是风头嫣然的妙龄女郎,赌客们拿了红蓝铅笔,在拍纸上记着每次开出的点子,赌客们虽然小心翼翼,结果金钱化青蚨,总归是有去无来。有个徐娘半老打扮的相当摩登的女赌客对另一个男赌客说:"这几日触霉头,一年输了四五千了,今天带来的六百块钱,只剩了手里几根筹码了。"这意思是非常明显的,这女赌客今天是大大的绝望了!

在这里看到的是花花绿绿的钞票,装束摩登的女人,听到的是醉人的爵士音乐,和另一种勾人魂魄的"么三四八点小""四五六十五点大"的声浪。而在吃的方面,又是异常富丽,上等香烟、咖啡、冷饮、大菜,真是孤岛上一切最为安逸的乐园了。

报纸上说,"申园"是如何的"裸""妙""崭",然而事实上完全没有这么一回事儿,广告上的幌子,虽然吸引了许多游人,但其结果一定要被人揭穿的。我以为孤岛上的新噱头虽多,总免不了买空卖空那一出令人可恼的把戏。

法国公园

心　佛[①]

自从别离了虹口,已有二年多不进公园了,不论什么公园,因为一直没有提得起进公园的心情。

那一天,是个阴寒的天气,不晴也不雨,没有风,马路上全没有明亮的颜色,也没有什么东西有明显的黑影,一切都有些散淡模糊。

偶然的机缘,从法国公园——又有人称它作别个名称的,我省不起来——经过。从门外望进去,似乎里头颇有佳境。"入国问禁",知道"临时门票"要国币一角。这是我在白天从没有进去过的一个公园,只是在某一年不知开什么庆祝会的晚上进去过一次。那时候,许多灯光聚集在一个部分,而我也只限于在那个部分逗留,一

[①] 心佛,生平不详。本文原载《新文苑》1939年第1卷第2期。

图 34 法国公园
（原文配图）

直未曾领略过全园景色。

下了个最大的决心,拼着一角钱的耗费,办了入门手续,于是我在园门以内了。

在薄层的灰色云光的天气之下,斑斓五色的菊花——满载在园中央的花坛和行路的边沿——并未减少其色泽。这是给视觉的一点痛快的刺戟。

因为陶渊明的爱菊,又因为陶渊明是个隐士,后人便把菊花象征隐逸。然而我在这里所见到的菊花,却找不出半点儿隐逸的味儿。它们成丛成列地,团结而规律地在显现鲜妍悦目的颜色、姿态。也许是由于这里的公园设计者的美学常识,将它布置得更有和谐及对比的效果。阳光似乎不从天上来,却似由这些花地里放射出。

除了给菊花吸引的第一个印象而后,便开始注意到菊花以外的景物。树木相当多。向来就喜欢树木多的地方。徒有空间而缺乏树木,令人有园而不林之感。运动场式似的虹口公园一向不大叫我喜爱,兆丰就比较好得多。这里法国公园原来也有这么些不至于令人失望的树木,有些地方望过去颇为丛密,好像那边蕴藏着点什么秘密。园林山水的好处就好在这些看不尽、猜不透

图 35 法国公园
（原文配图）

的地方，一望无余的，会叫你觉得索然无味。

我向那类似更秘密的部分去，原来那里有连绵的假山，山上有更多的小丛树，有许多给山或树掩蔽的小空间，每个空间里都有两张或三张的椅子，椅子上差不多全是一对对的青年男女，例外的，便是带着书或报纸在看的独个儿。这里听见园外的电车和汽车经过的声音特别清楚，因此知道这里是园的边沿，靠近马路的边沿，于是我没有忘记身在都市，尤其在树梢之上可以望见几处摩天大楼的上部。

假山之外是一带池沼，其形势比虹口、兆丰的似乎自然。池沼旁边一个男子，背靠一株比他身体高不了多少的小树、笔直地站着看报，旁边空的椅子多着，然而他却倔强地站着。我替他想，这样体温或者可以高一点。

树阴下，一个幽僻的空间，有一个女人独个儿伤感地在弄着一条手帕，有点歇斯脱里的神态。我没有在那里多停留，也没有敢替她猜想，恐怕又惹起了些浪漫斯的幻象。

假山外，一对法国巡捕悠闲地并排踱着，谈着。

肚子觉得有点饿，这叫我省起这是午饭的时候了。

城隍庙巡礼

逸 子①

一 前 言

当国民军北伐的时候,各地庙宇里的泥塑木雕曾经一度被摧毁,就把那些摧毁了泥塑木雕的庙宇改作学校或机关。之后,也没有听见人说过某地某庙宇为了改作学校或机关,而那些被摧毁了的泥塑木雕大动其气,时常见神闹鬼。可见,泥塑木雕不过是些活人做的骗别人欺自己的玩意儿罢了。

世界上只有不会说话的东西最神秘。泥塑木雕是不会说话的,所以也是神秘的东西。就为了它们神秘,

---

① 逸子,生平不详。本文系节选,原载《新人周刊》1935年第1卷第20、21、22、26期(共载10期)。

活人才会相信。同时,也就为了它们会吓唬活人,活人变做死人,要经过它们的虐待,便在没有咽最后一口气的以前,向这些泥塑木雕大拍其马了。其实,死后的情形,又有谁——那个活人见过和经过的。既然,死人没有向活人报告过,活人为了它们的神秘而迷信,泥塑木雕之应该摧毁而把那些高堂大屋改作对于活人有利益的学校等类的机关,实理所当然,那末,又何必让那些秃骡和借泥塑木雕而敛钱的家伙们大享其福和成为藏垢纳污之所呢?(上海龙华寺的和尚屡次兴讼、××寺的和尚有白浊丸和各庙里的主持人的巧立名目敛钱,在报纸上是时常可以见到的事。)

新生活运动积极推行的今日,废除迷信也是紧要工作之一!

这篇东西,除了抱这种目的写的以外,就是把城隍庙里的形形色色速写——因为上海的城隍庙和天津的劝业场和北平的东安市场一样:是一个集市,不单是愚民的焚香叩头的地方也。

二 轮 廓

城隍庙的大门在方浜路,后门在福佑路。我们先不必说城隍庙有多大,单看它前后门的距离,便能知道它有多么大了。

大门口的两根旗杆,大概有三层楼高,一个斗上是"国泰民安"四个字,另一个斗上是"风调雨顺"四个字。照壁墙上是四个大金字"威震显赫"。大门口有写着"保障海隅""彰善瘅恶""崇正黜邪"三块横匾,两旁有石狮子。二门有写着"天道福善"一块横匾,横匾前有一个大算盘,两旁也有石狮子。从大门直到大殿止,一路上全是卖货物的摊子和店铺。

大殿,共有三个殿,像北平故宫之有三殿一样。

东首:财神殿、观音殿、沙痘神殿、忠显王殿、雷祖大帝殿、武穆殿、协天上帝殿。

西首:十殿阎王殿和星宿殿。

九曲桥四旁,是玩具摊、吃食摊、菜馆、茶楼、日用品摊。

图 36 城隍庙大门
(原载《旅行杂志》1928 年第 2 卷第 1 期)

环龙桥两旁,是售书店、书场、书画店、相面拆字摊、古玩店。

小世界的一角,也伸进了城隍庙里。

九曲桥西面,大部分是卖动物的店铺。

三 大 殿

大殿被火焚后,由黄金荣等于民国十五年七月以银五万两用钢骨水泥重建的。作者为了短视,只看清一块写着"我处难瞒"横匾和城隍老爷前的布幔上的"为善最乐"四个字,其余的恕我都没有看清楚。

八个皂隶前的蜡烛终日不灭。城隍面前的一个大香炉和一对大蜡烛台,并不烧香点烛,只是做样子看的。这三样东西有五尺多高,拜垫前面是"香金柜",叩完了头,还要化钱,可以说"叩头是要用金钱做代价"的。城隍两旁有四个泥塑木雕,既高且大;但,请恕我,不知它们的专名词是什么(也许是判官之类)。一个蜡烛架子的蜡烛也是终日不灭,可是,来烧香的人的大蜡烛,只点叩几个头的时间;叩完了头,人走了,蜡烛也就吹灭,扔在一个大筐

图 37 中庭的大香炉
(原载《旅行杂志》1928 年第 2 卷第 1 期)

子里面去了。求一个签的代价是十六个铜子儿。

大殿后面是一个"阴阳镜",圆形,也有人对着镜子焚香叩头。据说这个"阴阳镜"在从前(从前是何年何日,我不知道,反正有那么一个"从前"就是了)能显出阴间的情形。凡是要见见死去的亲人,只要看看镜子就能办到。后来,有一个女人死了丈夫,跑到城隍庙去看那镜子,和丈夫会面。果然,镜子里面显出一个她的亲丈夫,她虽能看见丈夫,可摸不到丈夫,也不能和丈夫谈几句体己话儿,心里一着急,便撞死在镜子面前。大概是她不服气罢,到玉皇大帝那儿去告状,玉皇大帝便命令雷神击坏了那个镜子。现在那个镜子虽然没有被击坏的痕迹,但是镜子只是一个镜子了,别说看不到阴间的死人,连活人都照不见活人。

中殿也是城隍。两旁两个书童似的泥塑木雕。除了香炉、蜡烛台、拜垫、香金柜以外,就是些儿"肃静""回避""出巡"的和城隍头衔木牌了;是预备城隍出巡用的(如果作者在清明节城隍出巡的时候还在上海的话,再把出城隍会的情形写一篇 sketch。)

后殿是城隍的老太太和太太住的。老太太,我没有看见。太太的布幔上有"懿德夫人"四个字。后殿的香火也很盛。这儿的设备也一样:香炉、蜡灯台、拜垫、香金柜和签条。

从皂隶到城隍和城隍太太的装束,都是古装——大概是明朝的衣服。

四 东首各殿

最前面一个院子,是协天上帝、武穆和雷祖大帝三位的殿。武穆在中间,我们看这一副对联:

三字蒙冤千秋湛血;
一生忠勇万古洞鉴。

——便可以知道武穆者,即以"莫须有"三字蒙冤而死在风波亭上的岳飞也。协天上帝和雷祖大帝,各在武穆左右占据一个殿。院子里有一个铁鼎。迎着大门的是财神殿,武穆、协天上帝和雷祖大帝的殿坐北朝南,财神殿坐东朝西。

这个院子里,最奇怪的是一个用水门汀建筑的像库似的屋子,不知道是做什么用的(门关得紧紧儿的,也不知道里面有什么宝贝)。门上横额是"六囤二班"四个字,两旁是"同志努力行将去,合力协心永万年"。一个横额和一副对联,并不是让什么名家写了刻在木头上的,而是在水门汀上随随便便刻了十八个字,字的构造之恶劣,一望而知是泥水匠的大作。我曾经站在这个屋子门口,凝视着这十八个字苦苦的想了大半天,结果还是在我的脑膜上印了一个"?"符号,不懂这十八个字的意思是什么,真把我闹得莫名其城隍庙了。

在这个院子里,各殿的陈设和大殿差不多,恕不多噜苏了。

从这个院子转到后面,又是一个小院子。这是忠显王殿。忠显王是个什么模样的人,我不知道。不过,那天我刚走进那个小院子,便看见一大群的信男善女,有老有少,在念"阿弥陀佛"。但他们既不是和尚道士,而她们也不是尼姑,不问男女,全是"俗家装束"。有的合掌在胸,口念着"阿弥陀佛";有的手持佛珠,口念着"阿弥陀佛"。他们和她们并不是跪在那儿或坐在那儿念经,却像一个人死了还躺在板门上的时候,和尚团团的

围着死人转着似的念经。念经的人多极了,我想从人丛中穿过去,没有办到。我只得望着:

铁索朱君听令;

金鞭王帅巡坛。

——两个像"虎头牌"一样的东西楞着(我说它们是"虎头牌",因为上面有两个朱砂笔的圆圈儿的缘故)。

另外,还挂着(大概是临时挂着的)不少上面绣着黑丝绒字的红缎子做的旗子一般的东西。绣着的是些什么字,恕我记不起来了;反正是些关于信佛有什么利益的话,我敢担保的。拜垫也很讲究,全是缎子的。

我等得心焦,便硬挤过去了(受了几个白眼)。挤到菩萨面前,在阴暗的光线下,看清了是缎子做的帐幔上面的四个字"东岳大帝"。大概"东岳大帝"就是忠显王这个家伙罢,我想。

再想往外挤,可就不容易了。这会儿,我的视线全集中在那些边走边念经的人们,不觉陡的一惊:原来除了老头子和老太婆以外,中年的男女固不少,奇怪的是有五六个学生装束的十五六的男孩子和女孩子。这是什么现象啊!我真疑惑我的眼睛花了——其实看得清清楚楚的呀!

东岳大帝的上首不知道是什么菩萨。下首是一个赫赫有名、妇孺皆知、每年四月二十二日至二十四日(阴历)要热闹三天的"朱大天君"。因为那三天是他的"圣诞"。他为什么要比别的菩萨大出其风头呢?据说,他很灵:如果一个人每年吃"朱天斋"的,忽然有一年开了斋,那末,这个开了斋的人准得生病。所以每年到了"圣诞",花了一块钱跑来吃三天的人,比开什么民众大会到的人要多——他们往往化了一块钱,携老带小的一家都来吃上三天。这,既讨好了朱大天君,又可以三天不举炊,一举两得,这是世界上最聪明人的举动。

朱大天君,其貌颇恶:鹰鼻鹰爪,满面杀气,手执武器,实在是一个穷凶极恶的菩萨。人们又那么视之如"神",颇费解也。听人说,朱大天君还是一个普通人的时候,原是一个强盗,籍贯是杭县,但事母至孝。有一天,大雪纷飞,西北风怒吼。暮色苍茫时,忽然来了一个去投考的秀才,因为天晚错过了打尖的地方,要求他——朱大天君借宿一夜。他瞧那个秀才的样儿,不像一个又穷又酸的秀才,大概身上有几两银子,便存心不良了。他跟他母亲说,他去沽一点儿酒,给那个秀才暖暖身;说完,就走了。他母亲明白她儿子的意思,请人家喝酒是假的,要人家的命是真的。她不觉哭了:儿子这样做伤天害理的事儿,眼前是过去了,将来怎么呢？她再细细的看了一下秀才:面清目秀,一表人材,觉得害死了这么一个人,天地绝不会饶恕的,便放走了秀才。当他回来了以后,知道母亲放走了那个秀才,很不以为然。那个秀才虽然没有受了什么痛苦,但是他准会跟别人说的:某处有怎样一个人,这个人又怎样的作恶。这还了得么？于是,他就追赶下去了。

那个秀才虽是一个文人,脚可很健,走得很快。朱大天君追赶了四五里才看见那个秀才像一个"漏网之鱼"似的弯着腰直跑。无论他怎么喊那个秀才,秀才头也不回的跑得更快了。眼看要追上了,他的心里一乐。

那个秀才跑过了一座桥,他已经追到桥堍了。他才想上桥,突然桥断了。他一愣,愣了一会儿,便打算从冰上过去,真有了鬼了,冰突然融化了,水也流得异常的急。他又是一愣。站在那儿,瞪着眼儿看着水,心里说不出的不痛快。

就在这会儿,他觉得眼前一亮。猛的抬起头来,眼睛花了。擦了一擦,睁大了眼睛再向对岸一瞧,人不觉矮了半截:他跪在雪地上了。

对岸站着一个手执柳树条儿的白衣观音。那个秀才挨着白衣观音站着。他跪在地上,叩了无数的头,许了无数的愿。白衣观音才不见了。河里的水又结成了冰。桥仍是好好的一座桥。他跑过去,领了那个秀才回去,和秀才结拜了兄弟。

于是,朱大天君就这样"放下屠刀,立地成佛"了。

我不明白:朱大天君这么灵,却坐在东岳大帝下首。难道为了他"出身低微"的缘故么?

从忠显王殿边门出来,转弯是眼光殿。眼光殿上除了拜垫、香金柜、蜡烛台、香炉、一个泥塑木雕之外,全是些儿小人小马。(小人小马是什么东西呀?)布幔上写着"杨老爷"三个字。杨老爷大概就是"眼光菩萨"罢?如果"眼光菩萨"真的灵的话,那些眼科医生该饿死了;但,眼科医生有的是。眼光殿隔壁是观音殿、财神殿和痧痘神殿。

痧痘神殿要到痧痘症猖獗的时候,香火才盛。但,"痧痘神殿"有好几个,真是因为痧痘神全是些儿瘟神才那么的多么?

观音殿,烧香的以女人最多。这,为了观音是女人,还是为了观音也兼"送子"的职务呢?就不得而知了。

财神殿的香火之盛,大概要算"首屈一指"了。于此,可见人的欢喜钱、要发财,比对于任何事业都要热心了。这儿的财神殿和前面院子里的财神殿相较,其冷热的程度不能用寒暑表来测量。我不明白,同样的财神,也有走时和倒霉的,这真是从那儿说起的?

五 十殿阎王殿和星宿殿

十殿阎王殿和星宿殿在用铜骨水泥建成的大殿上。十殿阎王殿在二楼,星宿殿在三楼。

十殿阎王殿在两旁。一小间的一小间的像囚犯住的监牢。我记不清楚,那一间是那一殿。反正,离不了:下油锅、上刀山、把人搁在磨子里磨、用锯子锯人、割舌头、抱火烙……鬼之恶,可见一斑。(说句笑话,作者这篇东西,字里行间充满了"侮辱"鬼、神和菩萨的话,死后当然没有上天的份儿——其实我也不想上天堂——就不知道该到哪一殿受罪了。我想:说不定每一殿都要试试鬼的厉害,然后再打入十八层地狱里去罢?一笑!)

有一个"一见生财"的白无常鬼,胆小的朋友瞧了,准得吓一跳。高帽子、白袍、哭丧棒、长舌头。俗传的吊死鬼的模样儿和这位白无常鬼先生一样。

这儿有不少的菩萨:十八尊罗汉、王母娘娘、土地菩萨和其他不知名的菩萨。

在十殿阎王和各位菩萨那儿烧香叩头的人很多。在菩萨面前烧香叩头,因为是信佛,可以说理所当然。在十位阎王面前烧香叩头呢:想在生前多用锡箔贿赂十位阎王和各位小鬼,以免死后受罪么?这些贿赂十位阎王和各位小鬼的朋友们难道全是些儿"罪大恶极""无恶不作"的人么?只有天知、地知、他自家儿知了。至于在白无常鬼先生那儿烧香叩头,我想也不外乎是贿赂:临死时,白无常鬼带领小鬼来捉他客气些儿。

走上三楼,便是星宿殿。

一个人活在世界上,有得意的时候,也有倒霉的时候。

得意的时候,算是命运好。倒霉的时候,要怨命运不好。(其实,这年头儿,所谓命运的好坏,自有它的客观条件存在,并不能主观的要怎么就怎么,这就是说真本领不卖钱了,全靠点儿手段了。)命运不好了,无论干什么事儿全不顺遂,便跑到星宿殿去烧香;据说,可以把晦气烧掉。

星宿殿上的星宿菩萨,共有六十尊。一岁一尊,到六十岁为止,所以有六十尊。六十一岁的人,要烧掉晦气,只好在一岁的星宿菩萨那儿烧香;因为花甲子是六十岁为一周的缘故。有的人,大香大烛的去烧星宿君,并且给星宿菩萨挂红和插金,为了什么呢,这个家伙倒了大霉了么?要不然,这个家伙,绝不会这么傻,绝不会这么大拍星宿菩萨的马屁。是不是?

奇怪,活人的命运好坏之权,操在泥塑木雕之手!

六　中西大菜诸色小点

讲到了吃,在地球上,大概要算中国人最精了。别看欧美各国或日本人样样都比中国人强,吃,可差得多了。只说中国人能用"筷心吸力",把菜指挥得称心如意,便可以明白那些"刀叉齐下"的野蛮举动,的确有点儿丢"万物之灵"的脸儿。——中国无论什么都不如外国人,只有吃尚可以骄傲于人类,则中国不至于"无救",已不言而喻。因在跳舞救国和恋爱救国声中,吃亦可以救国也。

所以,城隍庙里便有了各种的吃:中西大菜、诸色小菜、荤素都有、甜咸俱全、生熟随意,而且还有数种闻名申江,慕名而来"一快朵颐"的可谓如"过江之鲫"。

大门口有一个水果摊,除了专卖一年四季的各种水果以外,兼售"立夏日"之酒酿(即北方人吃的"醪糟")和秋天之"天津良乡糖炒栗子"。买卖大概不错,要不然,绝不会一年四季的老搁在那儿卖。

进了大门,一边儿一个专卖"酒酿圆子"的铺子。酒酿圆子,这个玩意儿,就是元宵。这种元宵不什么大,一个饭碗儿里面,如果要装满了,至少可以装上十五六个。元宵里面有馅,是甜的。吃的时候,汤里面有一点儿酒酿,再加上一点儿桂花和糖,吃下了肚,真像是吃的"sweet heart",带爱人去吃,我敢担保准能使一对儿爱人更要"sweet"。从前每碗最贵十六个子儿,并且没有手巾擦嘴,也就用不着小账;现在至少得十八个子儿一碗了,吃完了，还得给小账，至于手巾擦不擦，"悉听尊便"。酒酿也是他们的一种"生财"，不过平时吃的人很多，到"立夏日"才能大批的售出。东边儿的铺子没有西边儿的铺子买卖好，吃的人总是往西边儿的那个铺子跑。据说，西边儿的酒酿圆子比东边儿的好，往往西边儿座上客已满，东边儿还"寥若晨星"。我爱跟人闹别扭，先尝过了西边儿的，再尝东边儿的，觉得没有什么上下，反正离不了那股儿甜劲儿就是了，便老是照顾东边儿的铺子。（里面，乐意楼斜对过，还有一家，买卖不用说更不行了。东边儿的招牌是"老桐椿"，西边儿的招牌是"老松盛"。）

　　进了二门，是一个糖粥摊。糖粥，这个玩意儿，望文生义，便能知道是用糖熬成的稀饭。这又是甜的。有赤白两种。白的就是用白糖熬成的，赤的另加上赤豆，吃的人很多，不问大人小孩都有。据说，这个粥摊上的糖粥很有名，往往有住的挺远的人们打发老妈子上城隍庙去买回来吃。

　　院子里，西边儿全是些儿吃食摊。有鱿鱼、鸡鸭血汤、牛肉面、糟田螺，还有"外国大菜"——鱿鱼，这个玩意儿，便是晒干了的乌贼鱼。他们买了来，再搁在水里浸,浸透了,用油煎。价钱很贵,身上没有一毛钱,就别打算杀杀馋虫。鸡鸭血汤,这玩意儿,别说不要钱白送给我吃,就是用眼睛瞧一瞧,就得作恶。一锅飘着油花儿的汤仿佛是……(不说了,怕吃过的读者骂我缺德。)鸭肠儿在那个人手里翻来覆去的,上面准沾了不少的germs。牛肉面,这个玩意儿,是牛肉汤面。一锅汤也飘着油花儿,瞧上去真发腻,别说吃啦。糟田螺,这个玩意儿,用不着我噜苏,谁也能知道,有点儿"大高而不妙";你想,一个人有兴坐在"万目睽睽"之下吃这个东西,他或她的无聊程度,就可想而知了。"外国"大菜,这个玩意儿,如果,生而未知大菜之味如何,就不妨去试试,所以我特别在大菜两字加"外国"更用括弧括了起来。这儿有土司、牛排等等"初步"大菜,但是地道的"外国"烧法和吃法(用的是刀叉)。以上数种,以吃鱿鱼者较多,其次便是鸡鸭血汤、牛肉面和"外国"大菜了。可是,朋友,这儿名虽为摊,主顾倒不只限于"短打"的劳动者,"长衫同志"穿着长袍短褂也坐在那儿津津有味的大嚼着;最可认为奇迹的,便是身穿旗袍皮大衣、足登高跟鞋,而烫其头发的所谓摩登女子,也杂坐其间!

乐意楼和素香斋的素菜素面以及松运楼、桂花厅、协鑫馆等等的馒头、面和其他各种小吃,为了它们价钱贵而太"小众化",便不再噜苏了。在这里,只提一提南翔馒头和油面筋、百页结,因为这三种东西也是游城隍庙的人们所爱吃而远近驰名的。南翔馒头,皮薄而肉也不多,咬破了,里面的汤不少,和老半斋的镇江"蟹黄包子"一样,但没有镇江蟹黄包子那么油,并不是我主观的说它如此如此的好,凡吃过的人,总说:"的确是不错。"所以胃口好的,能尽三四客之多;每天上下客满,买卖的兴隆可谓通四海了。油面筋和百页结,我真不知道有什么味儿,那么淡,吃到了嘴大有……大有什么,我可说不上来了,反正没味儿是真的;价钱可不便宜,吃的人也挺多。

在大殿前,东走廊那儿,有一个老头儿,专卖杭州橄榄,价钱之贵,等于吃人参,每一种橄榄,有一种专名词;专名词之雅,若非有"十年窗下"苦工的书生,准得变做"山东人吃麦冬"。但,橄榄到了嘴,也吃不出什么特别味儿。这个老头儿,有一年多不见了,大概"老调"了。

……

上海的湖心亭面面观

张若谷①

一 西洋文学家的赞叹

在上海中国地界的南市中心区,有一处叫作(老爷花园)的,现在园内已经盖造了许多屋子;所留存下来的唯一胜景,是一条小湖。在流动的湖面,反映出周围建筑物屋顶及角檐的倒影,是可以赏心悦目的。

湖心有一个小岛,岛基给一个吃茶亭子占据去了。旁边有一株叶条拂垂绿水的杨柳树。亭前有桥,不作直行;因为这样简单的式样太不合中国的

---

① 张若谷(1905—1960),上海南汇人。原名张天松,字若谷,音乐家、文学家。震旦大学法律及文学科毕业,长期担任《大晚报》《中美日报》等报社记者和编辑,著有《文学生活》《异国情调》《都会交响曲》等。本文原载《良友》1936年8月号第119期。

图 38　三十年前之湖心亭
（原文配图）

图 39 今日之湖心亭
（原文配图）

趣味。桥身曲折作多角形,行程增长,更多奇观。我们所欲参观的目的物,就是这座茶亭和曲折的桥。在中国人的心目中,这个著名的建筑,等于是我们心目中的埃及金字塔、巴黎圣母院、华盛顿的白宫一样。……这座(老爷花园)中的水亭为世界所公知,没有别的中国纪念物比它更出名的了。

上面一段描写上海城内九曲桥湖心亭的文字,是从西班牙文学家伊本纳兹的《一个小说家的周游世界记》中节译出来的。世界名著《四骑士》的作者,在十多年前,曾来中国游历,他虽则是一个写实派的老作家,但是在他的中国游记中,也犯了印象派的毛病,有许多地方是写得不尽的,他是始终竭力称赞中国荒废风景的美丽,把这个有三百多年历史的茶亭,竟和三千年前的埃及金字塔并列为世界名物之一。这恰和日本文学家芥川龙之介在《支那游记》中,描写上海城内的乞丐"嗒嗒地舐着那腐烂像石榴似的膝头"那样痛骂的文字,成一个绝对相反的对照。这两个观念和感觉绝不相同的东西文学家,在他们笔下所描画的九曲桥湖心亭,都有过火的地方,一个是从西方海盗的国家跑到东方来欣赏精神文明;一个是"友邦"的强邻,他是受了大阪每日新闻社的嘱托,来满足他的怪奇 grotesques 趣味的;结果是把一座普通的中国私家园亭,在一方面,升列为世界名物之一;另一方面,却比作为残疾乞丐的荟萃所了。

二 中国诗歌的吟唱

这座被外国人称作"老爷花园"的,即在上海城隍庙后面的豫园,一名西园,是潘方伯的豫园旧址,其中楼台亭阁,都先后经过毁坏重新构造的。今日的豫园,除了封锁的点春堂(俗名小假山)和萃秀堂(俗名小假山)以外,其余园地都已辟为市场了,只有九曲桥和湖心亭,据说还是保存着旧址,不过从前的九曲桥是木栏石梁,如今完全已改成为水门汀的了。

在中国旧时笔记中,有不少关于湖心亭的记载。乔钟的《吴记》,写西园景致最详尽。杨光辅的《淞南乐府》,有一章是专咏豫园的:

> 淞南好,兴废劫灰红。神庙重新花娅姹,豫园依旧玉玲珑。杯酒酹潘公。

这里所谓潘公,即指豫园的旧主人潘恩。据《淞南乐府》作者考证:"潘恭定公豫园荒废殊尽,独玉玲珑三峰尚存,今属邑庙。邑人疏渠垒石,重建亭台,改名西园,有玉华堂、吟雪楼……九曲桥、湖心亭……茶墙、酒墅、绿杨春榭诸胜。"

清道光十九年张春华撰《沪城岁事衢歌》,其中有一章是咏唱湖心亭的:

潋滟湖光碧印霄,莲池夏气豫园消。

一查波净茎摇绿,夹道穿过九曲桥。

原注:"邑庙豫园有池广数亩,中有亭,名湖心,左右盘折,平卧水面者为九曲桥。池植红莲,夏日盛开,晓起立桥上,面面皆花,绛霞晕目,水风送凉,真佳景也。"

在上海民间歌曲中,有一首叫作《改良的游码头》的,也有关于城隍庙湖心亭的歌唱:

城里有只城隍庙,城隍大老爷当中坐,八个奴隶分左右,星宿殿现在搬场搬辣后底三层楼。后花园新造九曲桥,桥九曲,水门汀栏分左右,湖心亭一只新造好,相对春风得意楼。

三　艺术创作的题材

上海城隍庙的湖心亭，不但常受东西文学家们的赞美，同时在建筑方面，那尖角形的茶亭屋顶，和曲折弯转的桥梁，都常给艺术家们采作为绘画的题材。一座古旧乌黑的茶亭子，经过画家审美的眼光，用鲜明的颜料来表现出东方色彩：红窗，褐色的瓦，和金黄的竹帘凉棚；白石的桥脚，柠檬色的扶栏，平卧在碧绿的池湖上面，桥上点缀着红衣青衫的男女老小游客，这是爱丽若蓓德甘斯女士 Elizabeth Keith 用日本水彩画法绘成的一张湖心亭写生图。

故漫画家黄文农，曾经凭借他个人的幻想，画过一张九曲桥湖心亭图，为上海城隍庙董事会秘书火雪明君所见，便去做了他作的《上海城隍庙》一书的封面。前年旧历除夕，我和漫画家张乐平君同游城隍庙湖心亭，那天半夜，九曲桥上挤满了男女老小，拥挤得水泄不通，张君生平第一次看见这般热闹情景，回家后即剪成了一张黑影图，复为火雪明君所见，大加赞叹。他题上了这

图 40 湖心亭图(英国画家甘斯女士作)
(原文配图)

图 41 已故漫画家黄文农氏所作湖心亭九曲桥之漫画
(原文配图)

图 42　漫画家张乐平所作湖心亭九曲桥除夕景况之剪影
（原文配图）

几句话：

> 九曲桥湖心,十三年中日日过之,无此印象。动定成态,由知得力于木刻者,佩服佩服,而妒若谷得之。廿四年二月火雪明拜读于邑庙大厅。

乐平君那张剪影中的景象,每年一度可在岁暮大除夕见之。每逢星期日假节,九曲桥上,虽亦游人如云,但是在白天光日之下,却缺少有一种夜色幽静的情调。我家居城隍庙东已三十余年,在我私人方面,也觉得湖心亭的夜景,比白天更来得富于诗境。正如老友雪明君所说的:"夜间走过九桥,一折一折的红石阑干,浴在月光里发出明洁的色泽,而人影倒映在湖心中,随着我们的步武的移动;风吹波皱,影亦碎裂,一种光景,确是美妙非常。"

四　国际的公众游乐场

上海城隍庙的后花园里,有两家出名的茶馆,一家是"春风得意楼",一家是"九曲桥湖心亭",这两处都是我童年时代跟着父亲每天必到的茶馆。

年轻的人,都喜欢到得意楼去,他们喜欢跨登装着亮晶晶玻璃镜子的楼梯。二楼设有说书场,三楼辟有雅室,雅室里放着几种中国乐器,而且设有炕榻藤椅,从高处可以看大假石的景致。这里的茶客,多半是摩登少爷、洋行小鬼,有时也有年轻的太太小姐,但是和南京路上的新雅或大东茶室相比起来,却是不可同日而语了。

至于湖心亭的主顾,多半是住在城隍庙附近的老茶客,他们都是风雨无阻每天必到的忠实的主顾,他们差不多都有固定的座位和各人自备的宜兴土制老茶壶。这里地方狭窄,但是茶价却非常低廉。楼下早茶、午茶,一律取铜元十一枚。楼上早茶一百十文,午茶一百五十文。湖心亭的茶客,比起得意楼要平民化得多。但是不时也有世界游历团中的外国旅客,和观光中华的"友邦"人士,到这座有三百多年历史的茶亭里,品尝中国香茗的。在湖心亭的墙壁上,有一张英文的茶价招牌,写明他们备有特别茶一种(所谓特别茶即拣上等的茶叶,渗进了糖精),每客大洋三角。这是优待外宾的一种表示。若使是日本人,他们都识中国字,就没有资格享受这种权利,也不必尽出高价茶资的义务。

天气热的时候,一个人闲着无事,到湖心亭的楼上,在靠近湖的窗口,拣一个座位,俯眺九曲桥上来往不息的游人,也是一种消遣的方法。在东西两架九曲桥上,各色人物都有,尽可以供给你当作观察上海社会的活动材料。有闲的小商店老板,手里提了鸟笼,在桥上展览他的心爱的金雀儿;烧香的老太太少奶奶,来探望湖上放生的鲤鱼,她们都说:"九曲桥底下的鱼,比松州玉泉的来得写意。"小孩子们围在桥口,看大小乌龟们在湖边晒太阳;小贩们在桥的每一个转角,兜卖眼镜、扇子、香烟咬嘴、陈皮梅、西瓜子;蓝眼睛黄头发的外国人,拿了照相机,东一张、西一张拍取湖心亭的风景;穿洋装的黄脸黑眼日本人,神气活现,摇摇摆摆在人堆里舞着手杖,说着不伦不类的上海话,和小贩们还价买东西……

谁都料想不到,在二三百年前的一个大官的私家花园,到了二十世纪的今日,会变成了一个民众的游览所,同时还变成了一个国际的小小市场。湖心亭呀!你该受古今中外人士一致的赞美!

二十五年六月二十四日

静安寺路素描

白　华①

沪西的风景,其幽静与繁嚣,和热闹的都市划开了一条鸿沟。静安寺路上,充分的给人以清静的美感,真是"静"而且"安"。这儿住的,大都是些高贵的现代贵人。欧美风度的哈同花园,文化枢纽的中华书局,惨淡气氛的万国墓园,中世纪风静安古寺等主体建筑,也都陈列在一带榆树飘拂的绿荫底下。有闲的红男绿女,也很高兴在那条路面上踱着,像踱公园一样地有清悠的趣味。若干时候以前,我也常有机会踯躅在这广宽的道上,悠闲地,望着榆树梢头浮动着的夕阳,白云,可以陶醉一个傍晚或早晨。

---

①　白华,疑为宗白华(1897—1986),原名宗之櫆,字白华,诗人、美学家。原籍江苏常熟,生于安徽安庆,少年时期在南京度过。1918 年毕业于同济大学语言科,1920 年到 1925 年留学德国,回国后任国立中央大学教师。著有《美学散步》等。本文原载《特写》1937 年第 12 期。

图43 晓雾中的静安寺路(李永森作)
(原载《永安月刊》1940年第20期)

但，人间世的事不可捉摸的。若干时候来，现实证明了人事的变迁；犹太哈同的死，占有了静安寺路特别长的花园住宅，立刻冷落下来，园中的一草一木，都自然地罩上失了主人的萧条情绪。中华书局在一年前就搬去澳门路，特然减少了不少摇笔杆儿的人们，只存余着一部分印刷工作者。浮踪靡定，连我个人的踪迹，也不出现在静安寺路长久了。

树叶换上了赫黄的颜色，现在又被寒风一齐吹落下，仅剩下些散乱的枯枝了，上海的人们都沉浸在雪莱诗中过着冬天的生活，我也抱着契诃夫式轻轻的忧郁，怀念静安寺路榆树梢头的夕阳白云，遂又作一度旧地重逢。

横过愚园路，横过长方围拉着铁链的青草坛旁，重见了静安寺路的面目。来往的车马一仍如旧，驰啸不减往昔，可是花铺子似乎停闭数家了。这于社会经济衰落，分明呈现着多少象征。墓园内排立着的梧桐树，招着我重游的脚步。我沿着细沙的墓道，两旁新添了不少碑石，翩着翅膀的小天使也增加点缀着，我慨叹了。在这个人世间，并不算长的时间内，又许多人长眠在地土里了。草树叶中不住有小鸟掠过,我想起朋友陈醉云的随笔集《卖唱者》里有这样一段:"那清脆的鸲鸲鸟的鸣声,原来是在墓园树上叫着的,他不飞向私人的花园,偏在凄凉地伴慰着地下的每个异乡客魂。"我绕着墓园的大圈子,静悄悄的,除管守的人外,没有一个另外的凭吊者。

从海格路那边过来,马路的中央一个小小的石栏,靠左面的右壁,现着"天下第六泉"五个大字,旁边的一行细字凿着"乾隆皇帝御题",稍上刻着不大不小的"听经宫"三字。池水很脏,只见爬着几只小龟。离开了池,走向静安古寺,忽地白色的灯笼惊住了我,原来这天是谁家在借寺作着死人的忏度。从寺门一直望进去,寺周围都扎着白色的纸彩,不得不使我打住了游寺的念头,横竖古寺的佛像,总没有什么改变,我索性又背叉起双手,在寺外徘徊起来,一望高耸的古寺塔尖,重又唤起我旧游的回忆。从前,这里是我常来的地方,自从母亲死后,借寺所一度忏事,因为风木的哀戚,就很怕走进寺里去了。记得有一次南京回来的假期里,在"夕阳半塔寺僧钟"的时候,环龙路花园别墅访艺术大师孙福熙的归

图 44　寺的里面,又是那样地古蕉清幽
（原文配图）

图 45　静安寺路上被工部局剪去枝叶的榆树
（原文配图）

途,走入古寺,还做过一首诗:

> 留君湖海气纵横,更向天台事远征;
> 我是人生参阅透,愿从萧寺忏余生。

那时寺中的国术团正在教练使刀法,一种武侠的风概,曾使我注视了多时。每年的浴佛节——四月四日,要算静安寺的热闹时期了。上海的居民,在这天是大动员,往寺礼佛,俗叫作"香汛"。一般小商人和手制工业者,大家装运着他们的生产品,接连的排在静安寺路上,布置了一年度的一大市集,电车的往返,带来远处的游客。

冬尽了,疏疏的榆树梢头,浮送着的白云夕阳,也变得惨淡些了;我不敢想象春天的如何把它装成怎样的锦绣美丽,因为如今的榆树枯枝已被工部局把细枝截去了,萎瘦得不像个样儿。匆匆的跳上电车,回头向静安寺遥作注别礼,发现寺后面大兴土木,古色的庄严的佛地,将掩映着新的洋房了。

第三辑 日常巡礼

上海之旅馆生活

凌 云①

上海为江南繁华之区,冠盖往还,商贾云集。旅馆事业之盛,甲于全国。且以梯航所至,华洋杂居,事事均开风气之先。踵事增华,穷极奢侈,客舍逆旅,又何独不然?举目海上大旅馆中之起居生活,相埒王侯,布置之富丽堂皇,虽宫邸亦不啻也。宾至如归,乐不思蜀,上海之旅馆,实兼而有之。实则世界之大都会,如伦敦、纽约、巴黎等,大旅馆之多,随处皆是。都会文明之程度,得于旅馆生活中觇之,此语亦有至理也。

频年国事蜩螗,干戈未已,沪上因有租界关系,匕鬯不惊。避难者乃视上海为世外桃源,一遇兵革,其稍有身家者,大抵襆被来沪,藉避锋镝。于是旅馆营业,为之

---

① 凌云,生平不详。本文原载《旅行杂志》1930年第4卷第1期。

大盛。甲子之岁，齐卢作战，租界内大小客寓，莫不利市三倍，满坑满谷，后至者几无插足之地。自是以后投资于旅馆事业者，实繁有徒，几有"旅馆热"之现象。营斯业者，又处处参酌欧西旅馆之风尚，钩心斗角，力求新颖。于是海上之旅馆事业，顿时发达，大有一日千里之势。加以时局消长朝夕靡定，其有造于此业，自亦不言可喻。顾说者谓，上海旅馆事业之发达，大半为不稳之时局所造成。此言骤聆之，似亦成理，实则事业上决无如是之简单。上海旅馆之突然发达，其造因果由于外来，然其培养维持而光大之，则全恃乎"上海人"耳。

视旅馆为消遣之地，不仅上海人为然，即在欧美各大旅社及上海之西人，亦莫不为然。其实大旅馆之本身，亦属一种消遣娱乐之场所。营斯业者，处处投客所好，寝食而外，予客以种种行乐之便利。是以上海各大旅馆之优点，在初来上海，或投宿一宵之旅客视之，除布置华美、食宿精致、招呼周到而外，似亦再无特殊之优点可述。然而上海人则趋之若鹜，乐此不疲，其中亦有原因。欲知上海生活者，当于此中求之也。

举凡上海人所谓行乐之事，上海大旅馆中，莫不包罗万象。虽属具体而微,然亦饮鸩止渴。此种现象,初不能为上海人病。都市之生活愈进,则市民之淫乐亦愈甚,此为社会学者所公认。上海之旅馆生活中,所得包括而言者,除布置精美之寝处、高尚华贵之食事外,有酒醉肉香之跳舞,有通宵达旦之赌博,有一榻横陈之乌烟,有十洲擅写之秘戏,神仙之窟,莫可比拟也。每至休沐之日,呼朋集侣,作旅馆之盛会者,比比皆是,在上海人莫不司空见惯。而各旅馆之营业为若辈所维持者,亦属不少。

廿年前,上海除所谓"仕商行台"之大客栈外,无所谓欧美式之大饭店也。其后风云际会,规模较大之旅馆接踵而起。近四五年中乃如雨后春笋,透土怒发,后来者尚望风而起,将来形势,未可逆料。海上之所谓大旅馆者,大都集股创办,资本雄厚。凡所布置,类多效法西人之饭店,中西毕具,蔚为大观。顾吾华巨宦富贾,往往舍中就西。上海虽有国人经营之高尚旅馆甚多,而外人之上等饭店中,华人之光顾者乃亦不少。西旅馆之起居饮食,往往为华人所不惯,名公巨卿之舍此就彼,亦一异也。

大旅馆多开于闹市中心,所有布置设备,趋重于都市生活，其变迁颇足以代表上海人生活之过程。譬如近一二年，沪人士对跳舞，嗜之若狂，各大旅社乃多添设跳舞场，以资号召，而后起者莫不尤而效之。上海人喜夜生活，灯光之下，蠢蠢欲动，兴乃百倍。旅馆者又似未央之宫，其富于刺激性，不问可知。沪人喜新好奇，于枯燥之都市生活中，乃亦以此为调剂之场所。因之华灯既上，征歌作乐，既非他乡之人，何来客子之愁？旅馆云者，并非旅人之馆舍，实则土著之乐窝耳。

上海旅馆，在国际上可分为两大别。一系华人投资所经营者，一系外人所开设者。国人所经营者，规模之大小，至不相等，投资自数十万元至数百元不一。外人开设之旅馆，大都称之曰饭店。考其起源，大概因西人宴客，多就大旅社中行之，于是以饭店之名锡之。沪上华贵之大旅社，以西人经营者为多。如大华、华懋、礼查等是。顾国人因习惯上之不同，问津者较少。其为国人所自营之大旅社，著名者有先施、永安、新新，三大百货公司附设之东亚、大东、新新，及神州、中央、大中华、惠中、远东、一品香、爵禄，以及将次开幕之东方饭店等。除上述者外，又有日本人所设之旅馆，较著者如月迺家饭店、丰阳馆、万岁馆等。其他各国所经营者如意大利、荷兰等,为数尚多,不胜枚举。

沪上之所谓大旅社或饭店者,各有其特殊之点。或以地位幽静、陈设华贵见长,或以屋宇富丽、交通便利见称,更有因地处繁华中心,便于娱乐见著者。前者多属西式之饭店,后者都系普通之大旅社。西人所开之旅馆,起居饮食,较为严肃,富丽之处,亦非国人所营者得能望其项背。其中卓著声誉者,自当推静安寺路之大华饭店:地位幽静,颇擅园林花木之胜,屋宇建筑,亦极裔皇。连花园在内估地约有六十亩,富丽堂皇,允推此中巨擘。西人之达官富商稍有身价者,游屐来沪,多卜居焉。大华饭店又附近有跳舞厅、餐所、电影场等。华人之宴客其中,亦属不少。惟房间之租金奇昂,最贵者,日需数十金,固非尽人而得问津者也。

大华而外,异军突起者,当推东黄埔滩之华懋饭店,后来居上,亦系此中翘楚。华懋开设于南京路口之沙逊大厦内,滨浦巨屋矗立,气势极壮,有吞鲸吐川之雄。屋宇富丽,不可多得。全馆有房间二百余起,陈设各别,布置得宜。其九、十、十一楼,有宏大之客厅,宴客其中,

图 46 华懋饭店
(原载 1930 年《中国大观图画年鉴》)

颇有凌云之想。登十一层楼凭栏一望,全沪景物,尽搜眼底。上海旅馆之最高者,当以此为首屈一指矣。其对面之汇中,外摆渡桥之礼查,及静安寺路之沧州,及法租界之国民等,咸为西旅馆中之高尚者。旅行来沪之外人,大都就此为卸尘之所。

国人经营之大旅社,规模之大者,亦未见多让外人。房屋建筑之在四五层楼者,平均有房一百二十至一百八十之间,各种设备,莫不应有尽有。上高者多连有私人浴室,起居饮食,咸极舒服。附设有舞场、餐室者,比比皆是,通宵达旦,放浪形骸,溢出常轨之事,乃亦数见不鲜。至于笙歌沸耳,呼卢喝雉,更毋足论矣。欲求安枕高卧,如非曾于上海生活者,每有不惯之处。顾来沪观光者,舟车劳顿,旅邸小息,非但不以为苦,反而乐此不疲。一旦离去,其脑海中常留有不能磨灭之印象。以上海旅馆中所得之印象,作为上海人生活之一面看,亦无不可也。

上海旅社之所以被称为一种娱乐场所者,一方面系应沪人之需要而起,然他方面,亦为经营旅馆业者之一种政策。苟以沪上各大旅社之内容剖析观之,亦为研究社会学者之好材料也。说者谓其中淫秽、赌博、鸦片、自杀等，种种可怖之事，不一而足，而趋之者反日加增多。乃知上海之旅馆生活，于刺激之中，寓麻醉之性。凡困于枯干乏味之家庭，及刻板文章之呆滞生活者，一旦有此去处，无不百般兴奋。耳目既新，环境亦迁，身心上亦得到一种调剂。况在当局者视之，长夜轰饮，征歌选色，五味杂陈，七色缤纷，自以旅社为乐土也。惟造成此种现象者，非旅社之本身具有若何之魔力，乃上海之一班"假旅客"有以促成之耳。

上海中西旅馆之不同，有如上述。若日人经营之御宿处，亦有其特殊之风味。日本人之旅馆，以虹口一带为最多，其取费亦不过昂。国人因习惯不同，光顾者未见踊跃。日人事上极尊重，虽华人住宿，下男下女，莫不恪恭将事，如对大宾，此亦一种对于顾客之应有礼仪。中国旅社之茶房，亟应效法之，藉减顾客望而生畏之心。日人长于小技巧，其于旅社之布置，整洁精致，为其特长。狭小之室，数席之地，置短几一，小桌一，火钵风屏，陈设井然。入其室中乃亦不觉其小且狭矣。较著之月酒家饭店等，花木清幽，不啻静安寺路之大华。明窗净几，片石小松，风趣别饶，景况自异。客之有兴者，可招艺妓侑酒，载歌载舞，妩媚动人。此中岁月，亦不减樱花时节之岛国风光也。

沪上中西日三种旅馆，规模较大者之情形，固已略如上述。至西旅馆之具体而微者，则都在四川路、老靶子路、霞飞路等处。其卧房只一二十间，价亦低廉，以女主人营斯者较多。至华人之旅馆，中等者在石路后马路一带。若小客栈则到处皆有，爱多亚路、民国路尤著。其价目数角以下至数十铜元，可谋一宿。中等之客栈，多带家常气味，亦为一般人所需要。惟小客栈则因陋就简，架木为床，有上下之分，方形相等，无分毫之差。其视鸽棚，只大小之分别耳。苟与大华相比，则在彼一日之费用，在此可用之一世，而仍有羡余也。

除旅馆而外，又有客寓、合租屋及公寓等，亦为变相旅馆之一种。西人之客寓（Boarding House），犹之华人客帮之公寓，独身或挈眷长住，咸称便利，茶水、仆役、饮食等等，可由寓主代办，其喜自理者，亦无不可。究其实，乃一常住之旅馆耳。西人之客寓及合租屋，大多在法租界，有规模甚大、屋高五六层楼者。华人之公寓，多为沪上之客商所居,分福建帮、天津帮、山西帮等等,聚众而居,犹不脱古风,法亦良善,惟其管理法及布置等,与西人之所谓客寓者,不可同日而语矣。

公寓而外,更有会所所附设及私人所经营之寄宿舍。著者如青年会之宿舍,独身及常住者多就之。静安寺路之西侨青年会及北四川路之中国青年会,均有附设,办法甚佳,住者亦多。若私人所设之寄宿舍,问津者大半为学生及店伙等。租屋二三幢,即可开业,饭食亦可代办。此种宿舍,随处有之。北四川路一带,颇为发达。其招徕顾客之广告,则电杆墙隅,均可见其招贴也。

吃在上海

钱一燕①

上海五方杂处,华洋咸集,所以人生四大要素中第二项的"吃",在这里也集其大成,可称洋洋乎大观,我来把它分析而逻辑起来,就写成这篇包罗万象的"吃在上海"。

"吃"的分类,把商店来做本位,似乎有头绪些,否则,一部念四史,从何说起?

这里姑且分作"菜馆""酒家""点心店""茶楼""糖食肆""咖啡馆""水果铺""南北货商""药材店""小吃摊担"十类,尽我所知道的,分别详简叙述。记者旅沪十年,老上海当然不敢称,可是对于吃的一道,自信倒还不算门外汉,这篇就算是经验之谈吧。

---

① 钱一燕(1907—1936),常州人。作家,著有《情海云天》《多情恨》等小说。本文原载《食品界》1934年第8、9、10期。

还有一点附带声明,这篇之作,全凭经验的记忆,绝对不曾参考什么书籍记载,倘使有不知道的地方,宁缺以待高明补充,不肯强不知以为知,信口开河,这点既经声明,那末篇中的或详或简,当然可以获得相当的原谅了。

菜　馆

上海的菜馆,大概有"广帮""平津帮""徽帮""闽帮""镇扬帮""杭州帮""苏帮""四川帮""本帮"等几种,从前在上海昙花一现的"河南帮"飞霞菜馆,因为营业不得其法关了门,后遂无继起者,此刻最出风头的,要推"广帮"了。

广东馆子,在上海的历史,原也不算浅近了,可是出人头地,大为时尚,还在近五六年里才走了红运。在五六年前,徽馆正风靡一时,以馄饨鸭号召了两三年,但在当时我们就明白这情形是不足持久的,馄饨鸭虽然美味,然而要靠他来做生命线,究竟太单调而力量太薄弱了,因为上海人喜欢一窝蜂,所以能够盛行一时,果然不

图47 大中楼菜馆广告
(原载《新闻报本埠附刊》1935年10月18日)

久,其盛况便给广东馆子取而代之了。

广东菜馆的优点,就是菜味丰腴,花式新颖,如太牢食品之类,尤觉气派宏盛之至,菜馆布置设备,多考究华美,富丽焘皇。为了菜肴的气魄雄伟大方,布置的设备精丽雅洁,在上海菜馆中,自然可以独擅胜场咧。能执广帮菜馆牛耳的,当推冠生园、杏花楼、大三元等几家。

平津帮就是俗称京馆的,菜味以精腴兼长丰盛,也是他的特色,侍役的规矩整肃,可以见到旧京官僚气息遗留。悦宾楼、致美斋(现称致美楼)等,是此帮的佼佼者。

徽馆上海极多,大中楼发明馄饨鸭仿佛是这一帮里的革命军,各家仿之,至今还有一部分势力,徽馆中的锅面,比别帮为出色,而且实惠。

福建馆子,小有天人人皆知,福建菜浓淡都极腴美,而花式之别致,只有广东菜可以和他争衡,有几种,简直我们吃了还不晓得它是什么做的,不瞧菜单真唤不出名儿。

镇扬帮的菜馆,自当推老半斋、新半斋首屈一指了,肴肉干丝的风味,真够得上一个隽字。

杭州馆子,最近才在沪上露脸,杭州饭庄、知味观两家,都能推陈出新,醋溜鱼,家乡肉,提起便垂涎三尺。

四川馆里的菜,以爽辣见长,不吃辣的朋友,当非所喜,豆腐一味,乃其名制,都益处可称上海川馆中的巨擘了。

苏帮各菜,以甜美细腻称,在上海的潜势力着实可惊。

上海本帮菜馆,不用说,本地人自然欢迎它,菜味浓厚,实惠,价格也便宜,鸿运楼是本帮中的第一块牌子,商界开张以及逢年过节,都惠顾它的多,生涯极好。

已经关门的河南帮飞霞菜馆,时运不佳,关了门,真可惜。他们的菜肴,不浓不淡,别有风味,侍役多中州人,气派和京馆一般无二,我们在上海菜馆史上,这是值得回念的一件事。

酒　家

所谓酒家,并不是那时下掮着酒家招牌新式菜馆,这里说的是真正卖酒的酒家,如高长兴、言茂源、豫丰泰、王宾和等便是。

我们知道酒的销路,当然推绍酒最好而最普遍了。绍酒的味儿醇原和平,是酒中王道之师,不比烧酒的猛烈霸道,所以它会成为社会上最受人欢迎的一种酒。为了这层理由,上海的酒家,浙江绍兴帮便成了此中祭酒。

酒家大都冷热酒兼备,著名的老牌子酒家,把酒做主体,只考究酒的好坏。酒菜是副业,虽然规模大些的,冷热菜都备,但老酒客并不重视这种菜,倒是摆设在酒店门前的熏腊摊,酱鸭、熏猪脑、红烧猪舌、龙虾、飞飞跳、大转湾、酱牛肉、辣白菜,这一类下酒物,生涯鼎盛。越是大酒店,这门前的摊子越是花色繁多,为真正老酒客所欢迎。

中国人上酒店,等于外国人的上咖啡馆、酒排间,所以上海的小酒店特别发达,差不多平均每一条马路上,至少有一家酒店,多至十余家不等。四马路是上等酒家的荟萃之区,我们在花灯照耀之时,常常可以瞧得许多面孔红通通的面熟朋友。

点心店

一日三餐以外,点心似乎也占据十分重要的地位。在餐时未到的当儿,肚子有些饿了,这时候,便需要吃一些点心来点点饥,于是乎点心店也就适应需要而产生。

上海的点心店里所有的点心,大概是汤面、汤团、馄饨、汤糕、炒面、炒糕、水饺、小笼馒头、锅贴、八宝饭、冰糖山芋、猪油糕烧麦、各色过桥面之类,沈大成、五芳斋、北万馨、徐大房等几家,乃此中巨擘。不过这类旧式点心店,座位多不知讲究,营业越好,招待的方式愈觉令人难受,不敢领教。我们跑进去,除掉抱定一个"吃"的宗旨外,其余的事,一件也没有好感的印象,真的,这种旧式点心店,太墨守旧法,不知改良了。(最近沈大成的赠奖券,大约也算是他们中的改良事件了,我想。)

近几年,新式点心店应运而生,——应运,应时代的命运也。福禄寿,精美,这几家,以座位精洁,为人称道,不过有些点心,价格较昂,但东西确实不差。福禄寿的汤团、千层糕,精美的面,我都每吃不忘。

粤馆中也没有晨点,朝晨到冠生园饮食部或大三元、新雅、桥香等去吃早茶,一小碟一小碟的广式点心,别致而实惠,化费无多,可以吃不少种点心。他们每碟不过一两件点心,代价至多一角左右,是胜过其他点心店的一种长处。

茶　楼

喜欢喝茶,也是我国人的特性。茶楼,在各处城市乡镇,都很平均的发达,上海是有名的大都市,自然茶楼要特别的多了,大约,比酒店还要多出三分之一以上来。

邑庙豫园里的湖心亭、得意楼,南京路上的一乐天、仝羽春,天天座上客满。已关掉的五龙日升楼,居然成了有名的地名,永远占据了上海历史上的重要一页。这类旧式茶楼,中下阶级顾客为多,我们跑进去,会感到乌烟瘴气。新式茶楼,一切设备,都比较完善得多,人坐在里面啜茗读报,环境既好,精神自较舒适,而且有点心可以任意叫来吃,何等便利,所以上流的顾客,自然而然的趋之若鹜了。

图48 一乐天
(原载《良友》1935年第112期)

图 49 仝羽春
(原载《良友》1935 年第 112 期)

糖食肆

说起糖食,好像不过是消闲小品罢了,不吃似乎没有什么要紧;可是人的脾气,最是闲不得,"饱暖思淫欲",糖食,好像便是给人们泄"闲欲"的东西,吃惯了的人,一天没有吃,简直会"嘴里淡出鸟来",此糖食肆之所由兴也!

外国人嘴里,时常嚼着留兰香糖、巧格力、太妃糖,中国人则蜜饯、山楂糕、寸金糖、玫瑰水炒瓜子、冰松糖、粽子糖、椒盐胡桃、蜜糕、肉脯等物,为消闲妙品。苏州地方对此最考较,上海人凡是消费的玩意儿,从来不敢后人,何况这原是"国粹消费",当然不肯让苏州人专美,于是糖食肆乃满布各马路。

南京路日升楼一带,从浙江路上,弯到石路过去抛球场为止,这一段是糖食肆的总汇集地,也是最考究的糖食肆的所在地,老大房、天禄、申正昌、老大昌,以及新从苏州分来的悦采坊,各店有的还有支号,真是十步一店,随处有吃。大马路跑跑,买些回去嚼嚼,写意哉,上海人也!

图 50 冠生园汽车上之食品广告
(原载《妇女国货年纪念特刊》1934 年纪念特刊)

摩登朋友，自然要学外国人的吃糖食，上海的西式糖果肆，也着实不少，中国人开设的，要算冠生园最最规模宏大了，支店遍华租界，西式糖果糕点，无美勿备，从低廉的到高贵绝伦的糖食，一应俱全，主人冼冠生君，要可称此业巨擘。参观本刊各期的冼君著作，可以知其详情。

咖啡馆

这一项所在，的的确确是道地来路风尚了。除掉都市社会里，内地是没有见到的，由此可知是一种摩登的吃的享乐去处。

在上海，不客气的说，醉生梦死的人们特别多，他们需要不规则的耳目口舌之娱，咖啡馆，就是可以供给他们这种需要的。

咖啡馆里，真的跑进去规规矩矩的吃一杯咖啡，这简直要给一般人笑你是乡原曲辫子了。你要明白，跑到咖啡馆去的目的，并不是去喝什么咖啡的，干脆些讲，乃是去吃女人嘴唇上的胭脂！这话你明白了吗？

这里有妖冶的女人，红的嘴唇，白的粉靥，轻佻的娇笑，肉感的引诱，这里是目眙不禁，握手无罚，甚至搂抱，接吻，揿"电铃"（"电铃"亦称"沙利文面包"）……一切胡闹的动作，都可以在座位的绒幕里尽闹。可是，有一点应当注意，你要自问是不是熟客，够得上这个资格？或者口袋里大拉斯充足，也可以"一朝生，立刻熟"；否则你冒昧地轻举妄动，轻则博得女人们的白眼，重则或者要吃眼前亏。

话也要说回来了，这其中，原也有比较上规则整齐，有礼貌些的几家，不过生涯还是可以胡调的几家好。

上海咖啡馆的繁盛区域，一在英租界北四川路一带，一在法租界霞飞路一带。北四川路的大都是国人经营，霞飞路的却多属外人开设，顾客的中西区别，也可以拿这做标准。此外别处零零落落的也有几家，总也不及这两处的精致设备罢了。

当那红绿线条霓虹灯光笼罩着的门口，里面有的还透出些音乐声音。在傍晚，夜半，你瞧见有醉醺醺的人直冲到人行道上来，或者面上满呈着疲乏的笑意，这些人，他们是从咖啡馆里放任地意兴阑珊出来了。

水果铺

水果富营养质,且含酸性,能助胃消化,西人在餐后多喜欢吃一些,适口润肠,确是卫生之道。

唇吻干燥,出行口渴,这时候就益发想念到水果了,何况吃水果和吃糖食一样还具有消闲的作用,自然为人们所欢迎。

上海地方,并不出产水果,都是从各产地运输来的,如天台蜜橘、新会橙、金山苹果、福建橘子、花旗橘子、汕头柚子、暹罗文旦、广东甘蔗、芝麻香蕉、檀香橄榄、奉化玉露水蜜桃、天津雅梨、北平白梨、山东莱阳梨,以及柠檬、菠萝、荸荠等等,都大宗的销到上海来,适应都市里一般人的需要。

水果行的总汇,在南市十六铺、苏州河外白渡桥等处。从大的行里,散销到各马路开设的水果铺来,供给人家零购。南京路上几家水果铺,营业兴盛,没有宿货,价格比小店铺反而便宜;送礼,可以装纸盒,尤其便利。

你如果一打听上海水果的销路,可以使你舌挢不下。再，上海的水果铺，栗子季里，都带卖糖炒熟的良乡栗子，这是水果铺的专利。

南北货商

因为上海是国内最大的贸易口岸，事实上百货都荟萃到这里来，集其大成，南北货在上海的销场，不用说，是"大宗"了。

上海的南北货商店，规模大的，简直在内地是找不到的。他们凡是一应装进嘴里肚子里去的各种南货北果，无不应有尽有；从最便宜的碱砂糖、白糖、花生等物起，以至最名贵的燕窝、白木耳、哈仕蟆、南腿等等，都有都有。规模小些的，当然这些价值昂贵的物事不会备。此外如近几十年中发明的调味粉、酱油精、果子露、肉脯之类，古老时代南北货店所没有的东西，此刻都有了，甚至白兰地、葡萄酒，以及糖食肆中所有的细点，上海的大南北货店里，全都会包罗万象的有卖。

规模最宏大的几家南北货商店牛耳，当推南京路上的天福、邵万生、三阳等几家。三阳和邵万生，历史悠

图 51　永安百货公司
（原载《中国大观图画年鉴》1930 年）

久,资望在同业可算得老前辈了。

广帮的南北货店,称为京果店,他们有些杂食货店性质,而以广东干食物为主要货品,南京路上的易安居,北四川路上新开的其发等,都要算此中巨擘手了。范围小的广东京果店,在虹口一带,触目皆是,这是因为上海的广东人太多的缘故,而虹口又是粤人的聚居区域。

先施、永安、新新,三家大公司的南货部,实在兼有江南的南北货店和广东京果店的性质,各物搜罗宏富,色色俱全,尤以先施的为最大,他们的南货部,迤逦日升楼浙江路上一长条的一面,在别处南北货店中买不到的吃局,他们也许不会教你跑空趟。

上海的南北货,价较内地为廉,而物较内地为美,这是贸易口岸各物先经过这里的缘故。

药材店

笑话,吃药都是上海好,要推全国第一了。一,药物齐全;二,药材原料可靠;三,撮药便利,且有代煎的创举。

这里先说国药店。上海的国药店，现在要算徐重道为规模第一，他们的支店有十一处之多，而每个支店，不是因陋就简的设备，都是和总店一般规模宏大的。

蔡同德、胡庆余、冯存仁，都是上海药材店中巨擘，首屈一指者，资望亦深远。

买人参洋参之类，以蔡同德间壁的同懋为最可靠，价格也十分公道。

四川商店的白木耳，考究而靠得住，燕窝亦好。

民国路新北门的雷允上，是苏州分设上海的一爿大药材店，他们以"秘制六神丸"驰名全世界，日人欲以十万黄金易其方而不售，至今他们合药还只是每传一代只有一个人晓得，要闭户合制，不许旁人瞧看。外面劣品仿冒甚多，最近在上海已破获一起。雷允上的发达致富，全是靠此一味"六神丸"的专利，难怪他们不肯将秘法出售，要做子子孙孙终身的衣食之源了。

代客煎药，是徐重道首创，徐重道富革新思想，此即其一端。每帖药煎费一角，用热水瓶盛装送到病家，这在孤身客最多的上海，真是十分方便的一件事。现在大些的药材店，都已仿行了。

像徐重道等的大药材店,都有干的熟药出售,如丸散之类,装潢可与西药媲美。又撮药每帖均附有滤药器一个。这都国药业科学管理的进步的表现。

虹口一带,广东药店很多,他们的熟药,如营业重要之一种。有许多药,在广东药店中是撮不到的。

再说西药业罢,不必说,这又是上海为全国冠了,并且,上海的西药大药房,几乎每个人家都有自己专利发明的出品的。

九福制药厂的"百龄机""补力多",中西大药房的"胃钥",五洲大药房的"人造自来血",这些这些,都是全国奉行的国制西药。至于舶来西药,当然是西药房的主要药材。至于舶来西药,当然是西药房的主要药材,不用说凡是西药房,那是不卖舶来西药之理;不过据近几年来的西药业状况调查,据说舶来西药的有国制西药可代替者,日见其多,舶来西药的销路,比前几年只有跌下去,这倒是提倡国货声中的好消息。

上海的西药房实在太多了,而专恃花柳病药生涯立足的小药房,尤指胜屈,随处可见,足见上海淫风之盛,遂有此畸形的状况。但,不要忘记,上海是都市,是大都市,这种现状,是世界各大都市所共有的吧。

小吃摊担

有几种根本原因,使得上海的小吃摊担,所以这样发达。

因为上海的居民,冠越全国,总数达三百余万,这三百余万的居民,大部分布住满了全上海的弄堂住宅,这弄堂中是小吃摊担营业最适宜最合需要的所在,不论大人,孩子们,谁都在三餐之外,需要些吃嚼,或是消闲,或者点心,此其一。

上海来谋生的人,既然有满溢之患,那些贫民贩夫,岂有不谋一个容易谋生而有持久性的职业干,挑着担,摆个摊,卖些小吃或是点心之类,这是最好的一条出路,而靠得住有生意。有一个卖油炸虾饼的人,他每天担子出来,不到二小时,即空了担回去。据他讲,每天可平均净赚一元左右。你去想吧,况且本钱多少,小大由之,轻而易举,于是小吃摊担,在上海日见其多,此其二。

上海有几种特殊的所在,为内地所无,如交易所附近,洋行附近,海关附近,那些报关行中人员,洋行跑街,以及交易所客人,天天在外面跑的流动职业,有时三餐都不定时,于是附近设定的点心小吃摊担,莫不利市三倍。这不是一时的情形,终年如此,所以专靠交易所、洋行、报关行等为生的小吃摊贩,在上海是不知有几千百人,恐尚不止,这是上海的特殊情状,此其三。

摊担上的小吃,除不卫生的不要去说他外,至于像晨早和午夜的馄饨面担、汤团担、广东包子、牛肉面、广东干点心等等,的确价廉而实惠,别有风味。"虽小道,必有可观者焉",小吃摊担在上海吃的部分上,倒也占据重要的地位,不可忽视。

一元之游上海

颠 公[①]

且说上海靡丽豪华,在世界各大埠中,除英国伦敦、法国巴黎、美国纽约外,居然可以首屈一指。中国各行省最繁盛之处,如前人所说的"上有天堂,下有苏杭",以上海比较起来,竟是小巫见大巫了。

那些达官贵绅富商巨贾一到了上海,坐马车游花园看戏吃大菜,兴味淋漓豪气百倍,那银钱就如流水一般的淌出去。因为上海是一个销金窟,这些游戏欢乐的地方,整千整万的雪花白银送进去总不觉多,除非有邓通的家资陶朱的产业,方好在上海地方领略些富贵繁华的滋味。若是略差些的,只要到转把上海盘费也就不少,

---

[①] 颠公,即雷瑨(1871—1941),字君曜,别号娱萱室主,笔名云间颠公、缩庵老人等,江苏松江人。清光绪十四年(1888年)举人,初任扫叶山房编辑,后任《申报》编辑多年,著有《我生七十年》《小说丛谈》《懒窝笔记》等。本文原载《最新滑稽杂志》1914年第6期。

那些坐马车游花园看戏吃大菜的事情如何敢有此妄想呢？说虽如此，然恰有一个乡下老儿因有些颠头颠脑，人人唤作老颠。从小住在离上海不远的一个江湾镇，家道也还小康，只是乡风醇朴，一家人勤勤俭俭的过日子，县城里也轻易不去。虽是离上海没有多远，然因上海是一个最费钱的地方，故只听人说上海如何繁华如何好玩，讲得天花乱坠，只好当唱书先生说故事一般听听罢了，要想自己去游玩一趟，终怕花钱太多不敢存此非分的想头。那也是安分守己的好处，旁人也不好笑他。

一日正值初夏，天气风景暄和，颇动人出游的思想。那些富家子弟趁着火车也有往杭州的也有往苏州的，无非领略些山温水软的风光、柳媚花明的景致，至于上海一埠的热闹繁华向来最是有名，那往游之人自然更多了。老颠将那些情形看在眼里，不觉心有所触，因想江湾离上海并没多远，何不到那里游玩一天，借此开开眼界，也不枉人生一世。默默想了半天，主意已定，信步走到车站上，恰好火车刚到，连忙从身边摸出五个铜元买了一张车票。那时车已将开，即忙跳上车子，但觉风驰电骤快捷非凡，两边树木如飞一般的过去。正在高瞻远

图 52 上海风景:电车
(原载《儿童教育画》1913 年第 31 期)

瞩、娱目赏心的时候,那车已渐渐缓将下来,须臾在车站停妥,坐客纷纷下车,老颠也慢慢走出车站。

许多东洋车夫马车夫围将拢来,纷纷兜揽生意,嘈杂到不堪言状,老颠一概不去理。他两边看看热闹,不知不觉已走到老垃圾桥,恰有一辆电车刚刚停下,忙一跃上车,以两个铜元向卖票人买一电车票。那时车早开行,车上恰好坐客不多,非常适意。一霎时驶至大马路,五龙日升楼转角处,随着众人下车。

走过大马路,其时正在四五点钟,车水马龙行人如织,天气恰又非常和暖,不觉微微有些口渴起来。恰好已到二马路口文明雅集,因就上楼拣个临窗座位坐下,堂倌泡上一壶茶来,茶叶色清而腴,香美可口。那时正是茶客上市之际,有些俊俏不过的女子挤在里头,鼻观里闻得些粉腻脂香,耳朵里听得些莺声燕语,觉着心窝中有点痒柔柔起来。那四壁的书画辉煌、琴棋潇洒,尤觉令人心旷神怡,心中暗想这样好地方吸他一碗茶,不知要多少钱哩。恰巧抬起头来看见壁上挂着一块粉牌,写着"每位茶资五十文不得多索",老颠当下照数给了五十个铜元茶资。慢慢的走出文明雅集,看看天色将晚,一路由大新街再踱至大马路,电灯已照耀得如同白日。恰见对面有座高大洋房,中间玻璃上写着"普天香"三字,旁边挂着一面"特别卫生英法大菜"的招牌,觉得气概非凡。因想晚餐也是这时候了,连忙走入店内。但见电火通明,台毯雪白,桌上放些外国酱油醋等类,又有两个碟子,一碟是蛋糕,一碟是香蕉。随意拣个空座坐将下来,侍者放好刀叉,一霎时端上一盆蜊黄汤、一盆炸猪排、一盆茄辣鸡带饭,老颠饱餐了一顿,末了还有一杯牛奶咖啡,香甜可口。算账时共大洋三角,老颠一想这种地方必须阔气些,因连小账付了四角小洋,侍者称谢而去。

出得普天香来,往西不多远就是泥城桥。走过桥西,幻仙戏园正在开演影戏,锣鼓喧天,非常热闹。想起从前《舆论时事报》灯谜送彩曾中一张幻仙戏园的头等票,恰好带在身畔,因即随众入坐。看了几出影戏,变化离奇,真是见所未见。那时已是七点多钟,算来戏馆已经开锣,急急付了两个铜元小账。走至外边,恰有一辆黄包车,讲明两个铜元,拉至石路天仙戏园,按目招呼至正厅坐下。是晚恰值礼拜六,各戏做得十分认真。那小桂芬的《空城计》、小桃红的《紫霞宫》、盖月樵的《蚍蜡庙》，尤觉精神百倍。那时天仙正大减价，正厅只卖洋一角，老颠照数付讫，并付了两个铜元的小账。看到十二点钟将近停锣，就出了戏馆。

南首有一家栈房挂着同兴旅馆的招牌，忽忽入内，账房过来招呼，领到房内，喜得被褥一切都是现成。那栈资须大洋一角一分，付了一角小洋三个铜元。时候已经不早，铺好被褥就安睡了。一宵易过，次日清晨起来唤茶房买二文钱开水。洗过了脸，踱出栈来，心想四如春的点心最是有名，不可不尝尝滋味。好在不多几步就到了四马路，果然店面阔绰非凡，拣个座头坐下，堂倌送上一客汤包来，皮薄汤多，滋味着实不错。吃完后付了三个铜元，再加手巾钱三文。

那时天色尚早，街上洒水车垃圾车一辆一辆的慢慢过去，行经多时，不知不觉到了南市。那新舞台俱乐部等，都造得崇宏壮丽，与北市比较起来，另有一番景象。只是早起市面冷淡，无甚可观。信步走回十六铺，见有几辆马车停在那里，马夫四面的兜主顾，口中闹着："打狗桥十六铺三十钱阿要坐?"老颠看见一辆车上已经有了三个人,意思将要开行,遂即跳上车去。马夫把鞭一扬,那马低着头用力拖了车子往前飞奔,顷刻已到打狗桥,付了三个铜元,走下车来。时光约有十二点钟光景,人家正是吃饭的时候,因怕饭馆里地方不甚洁净,听得人说起四马路有家言茂源酒店,有上好的绍酒,不妨吃他一壶。心里想着,已走近言茂源门口,信步走上楼来,喊堂倌烫壶好绍兴,再拿一碟鲜笋,一碟海蜇,觉得非常清洁,又唤堂倌到徽馆里叫一碗火鸡面。吃完算账,恰好小洋二角,又是铜元四个照帐付讫。慢慢的安步当车,沿路看看风景,不消两刻钟功夫,已到车站,以七个铜元,买票上车,仍旧回到家中。

屈指一算,在上海足足游了一日一夜,用去了小洋八角零钱四百五文,恰巧合成大洋一元。稚子荆妻,围拢来问问上海景致,老颠一面笑一面说,真觉津津有味。后来朋友们听见了,彼此传说,都道像老颠这游法,真是独一无二,可惜这种秘诀,无人能得其心传。故上海的繁华年年如故,而一元之游上海,从此竟成为广陵散了。

新年在上海

梦 白①

时序的轮子是转得那么快,在刹那之间,把一般人所认为世界大战的爆发年又送去;同时,更把一九三七年迎到大地之间。如果把国际间的形势观察一下,那么紧张的空气,也许比一九三六年更进一层,为了使读者们能够减去一些悲观的成分,笔者暂时把国际问题搁置在脑后,来一述一九三七年,在上海这都市之中,新年时节,一种歌舞升平、粉饰太平的气象。

大年初一走出门,在每一条马路上面,到处有国旗在飘扬着。在最近的两周之间,国旗是够繁忙了。自去年耶诞年的晚上,蒋委员长西安脱险而后,当夜青天白

---

① 梦白即刘心皇(1915—1996),字龙图,号觉堂,河南省叶县人。毕业于"中华大学"教育学系,任中原文艺社及新诗纪社社长兼主编,《民报》社长,幼狮文艺社主编。著有《抗战文学论》《现代中国文学史话》等。本文原载《礼拜六》1937年第674期。

日旗在全市飘扬,接着各学校开会庆祝,二十八日那天全市的民众在南京公共体场举行扩大庆祝会。除夕过后,又是新年,使大家来不及把国旗收下,连得晚上,青天白日旗也在披星戴月的轻飘。

国历的颁行,虽然已有整整十年的历史,而上海更是一个被认为中国文化水准最高的都市。然而你在大年初一一走到外面,还是到处可听到有人在说"外国年初一",这个年初一并不是中国的,中国人不过轧闹热而已。除了南京路上休业的人家比较多些而外,其余的马路似乎看不出什么新年气象,一般的商店还是和平常一样的在开挺了门,全日照常营业,至多只张挂了一面国旗,算是表示庆祝。莫怪守旧的老先生见了你会呵呵冷笑的说:"阳历年究竟没有阴历年的热烈。"

当我在几条马路上巡行之时,每一个角子上面可以看见有人摆了摊子,在出售五颜六色的挂历,连得那些报贩,在摊子上面也加添了不少日历,兼营这一种的买卖;同时更时常会碰到有人向你抖售老法新历本。南京路上的确比较整齐得多,不愧为上海全市的中心区域,在大年初一,除了那些贪做生意的烟纸店、食物店而外,

图53 公共汽车
(原载《时兆月报》1931年第26卷第2期)

其余的商店多半休业,更贴出了一张"庆祝元旦"的字条。

为了学校机关、工厂、大商店都是放假的,所以南京路上两面的商店,虽是都关上门,来往的行人可是竟有空前的热闹。男的,女的,老的,小的,接踵摩肩,力气小些会被人轧得倒退下来。电车,公共汽车,每一辆是挤满了人,同时电车站上也是守满了搭客,电车停了,一批搭客下来,另一批搭客上去,可是轧是后面还是挤不上,铁门拉紧了,卖票员会张大嘴巴在喊:"后面车子有,等脱一班!"

然而你要是走入了石路,却会看见另一种景象,自南京路到郑家木桥这一条的石路上面,可以说是多半是衣庄和桂圆店,这些店家非但不休业,连得张旗也不一律,多半是没有张挂出来,而且每一家都放出了全副的营业精神,预备在新年中做一笔大好的生意。的确,就年初一的情形看来,每家衣庄店的面前,挤满了蓝衫短裤的劳动阶级,在选购寒天的衣服,营业方面,当然利市三倍。

福州路上那些菜馆,当然每家都照常营业,更多半放出了"某学校聚餐""某先生请客""某团体宴会"的牌子,为了大年初一是一个狂欢的日子,多数团体、学校要举行宴会这原因,那些菜馆是绝对不肯错过这个大好的机会。靠近望平街的一段,所有的书局多半是休业,可是上海杂志公司却照常营业,而且为了各种刊物新年号都提早出版,特别加多篇幅,五颜六色,陈列满书架之上;同时,选购和闲看杂志的人更把店堂挤满了,连得店伙应酬顾客也在轧不过去,盛况的确是空前的。

搭五路电车到西门,那边国旗满空在飘扬,商店休业和照常营业者参半,来往的行人也不亚于南京路上,为的西门是南市的总汇。走到文庙,门口交叉着国旗,里面到处有纸彩和庆祝元旦的标语。游园的人,虽是冬天,也非常热闹,充满了一种新年的气象。动物园也照常开放,游客之多,也是少见。转了一个弯到蓬莱市场,那边人当然也非常热烈,特别是娘儿们,姐儿们,都在选购各种日用的东西。元旦这一天,游艺场个个轧满了人,京戏馆、电影院在闹客满,种种热闹的情形,不一而足。尤其是舞场之中,音乐之声,昼以达旦。各个同乡会举行团拜,湖社有集团结婚,民教馆和市商会有庆祝会,整个的都市是深浸在狂欢中。元旦是这样,至三日,商店虽开了一部分,但也有相当热闹。报馆休刊,发行号外,一切都是上海的新年景象。

大都市里的赶集:上海静安寺浴佛节的庙会

宋　易①

初夏的五月末,太阳高高地挂在无云的天空,我们——在三百五十万人口挤住着的大都市中,过着高速度的现代生活的一行列,也抽空跟着潮样的人群向西流——我们赶集去!

离市集不到三四里的街上,走着从赶集回来的人们,我们看见母女两个,女孩子挟着一块洗衣板,母亲提着一只洋铁箱,都现着十分吃力困顿的样子。他们是大都市中的农民,要一年才能赶一次集。可是也有——我们后来看见——坐了自备汽车来赶集,买两只玩具的小篮的少爷小姐,那末他们是农村里的都市人了。

今天是阴历的四月初八日,相传是释迦牟尼佛的诞

---

① 宋易,原名宋青萍,作家,《新少年》杂志编辑,著有《肃清托派汉奸》(载《华美》1939年第1期)等文。本文原载《新少年》1936年第1卷第11期。

生日,全国各地的佛教寺院,都一律开放正殿,欢迎香客们前来进香参佛。小贩们赶着热闹来做生意,感着生活枯燥的人们也可借此一舒平日紧压的气氛。庙会的性质和市集原没有什么分别,不过是借着宗教的幌子来作为一种号召罢了。"日中为市","以有易无",这是我国关于市集的最古的纪录,也是市集的最简单的说明。在上海,高贵一些的东西,有着天天开门的大百货商场和各式的商店,家具一类的粗笨的东西,有着各处小菜场附属着在出卖。交换经了货币的媒介,日趋复杂化集中化,已经不是定期性的市集所能适应需要。所以今天这个在大都市中的市集,是特别值得我们去一看,无论我们是否有着怀古的心情。

市集在内地还是普遍地存留着,特别是河北山东两省。我想北方的少年读者,在这里又将能告诉住在江南的人们一个经验,那里的村庄不像江南的那样,三五家一簇的也会聚着住下,都是好几百家人,聚住在一处,四周挖有护庄河,还建有堡垒泥城以资防守,村中也有自己的武装。土地都集中在大地主手里,自耕农极少,往往一个大村里只有一个地主,甚至四周许多庄合一个地主,一望无际的土地都是属于他的,而村里的居民全是他的佃农或雇农。在这些田庄里的交换情形,就是盛行着赶集,或逢五逢十来一次,再复杂点的有逢三六九,每十天有三次,或逢一三五七及二四六八的每十天有五次的市集,而且在各田庄之间轮流地举行。譬如初一在甲庄集市,初三便在乙庄,以后一直顺延下去。这样的市集不但在中国内地存在着,即在工商业发展的程度较高的欧洲,都市的机械化集中化虽日甚一日,四乡农民间的定期赶集,还是到处盛行着。

上海的静安寺是在公共租界西区,是个很古的寺院。浴佛节的庙会,根据一般的观察,一定是很久远了。所售的货色,大都是农家副业所产,或手工制作的竹木器之类占多数。据一个摊户说,在从前他们赶一次庙会,一年中生产过剩下来的货色都可以销完,可见那时情形的热闹。可是照今天的情形看来,除了静安寺正门的一段地带,全马路确实挤满了人以外,别处地方人虽多,买东西的却少。

我们从赫德路口进入爱文义路,打算先从清的地方再进到热闹的场所。拐过胶州路,到愚园路极司非而路

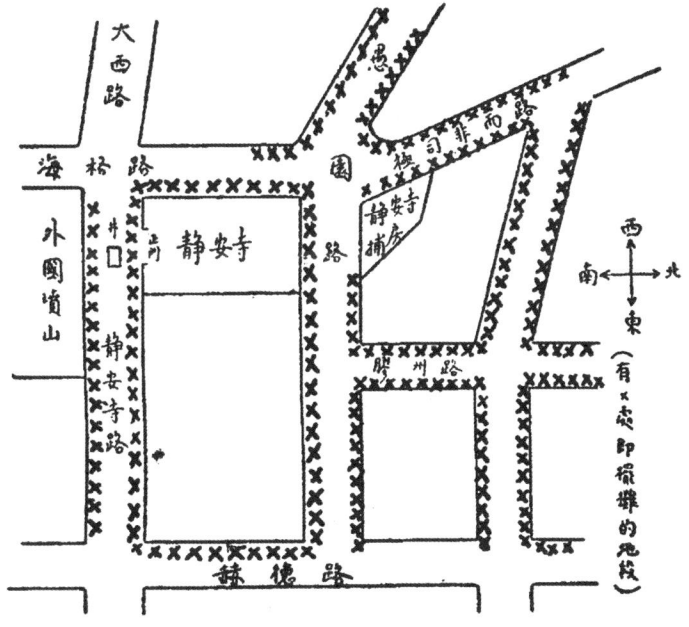

图54 静安寺附近摆摊示意图
（原文配图）

的角上,那里矗立着百乐门的玻璃屋顶,上海第一流的跳舞场。立体的玻璃建筑物,呈显着现代都市的建筑美和都会感,在它的脚下的两旁路上,搭着两行平行的芦席棚,陈列着原始的家具竹椅木橱,一直到机制品的棉丝织物和化学品的廉价香妆品。货的种类虽有不少,但多重复,不像菜市里那样的有着区域的分类,可是也没有非在这庙会里买不到的东西。我们看见从西区各马路上,许多独轮车运来的农民礼佛者,也看到他们回去时的车上装着所购的家具,这里的庙会虽是设在大都市,但仍是属于农民的。

我们这几个赶集者为了想带一点东西回去,便向一个摊户讲起价来,我脑中闪起昨夜在灯下翻阅报纸时,已有苍蝇蚊虫来打扰我注意力的事情,便买了一个蝇拍,顺便知道了他们摆摊的条件。这里的摊基是须在事先向静安寺里的和尚登记的,由他们发给甲乙两种执照,甲种八元八角,乙种四元四角。地位是六方尺,预先由租界当局用橙色的漆在路上划定。芦席棚和电灯都由静安寺供给,日期是阴历四月初三早晨至初九正午,一共六天半。地段好的,租价贵些,地位不够的,可多租一二方。来不及去登记,领不到地位的,也有向已经领得地位的摊户转租,这里当然也是一种卖买。

可是这里也和上海繁华中心的南京路上一样,不景气的风到处吹着,摊上横挂着白布,大减价、大贱卖还是普通的,甚至有吓人的"流血大拍卖",有诱惑人的赠送"航空奖券"和永安公司屋顶花园的入场券。伙计们有节奏地叫喝着,可是没有看见他比别的摊挤有更多的人。

静安寺的入口拥挤着人,我们也涌了进去,虔诚的善男信女在每个木偶之前默默地捧上香烛。很多人化了钱去撞钟击鼓,各人都怀着各自的目的。对于菩萨呈上了香烛元宝的贿赂,化少数的几个铜板,便可撞击那含有神秘的大钟和大鼓。未来的命运谁知道呢?总会转好吧,寺里和寺外一样是举行着卖买。

挤出寺门,已经完成了庙会的巡礼。在各自述说印象的时候,我最爱看在芦席棚上撑起的花布大伞,它是具有着海滨浴场的风味,也是一个都市人的现代感啊。

虹口小菜场

林微音[1]

天在亮起来了,可是在虹口小菜场中,在有灯的地方,灯反在充分地照耀着。在小菜场的中央是玻璃的天棚,那里没有灯,而在那区域的猪肉摊、羊肉摊、牛肉摊都在就着从上面的玻璃射下来的,从四周的别的摊漏过来的微弱的光工作着:有的在割着一只猪的腿,有的在锯着一匹牛的肋。

野味摊满是倒挂着的野鸡、野鸭之类,它们的头和颈是给白的纸包着的;也有的在给旋着毛,因此地上是一堆堆的羽和绒,在随人的经过的微风微微地波动着。

---

[1] 林微音(1899—1982),笔名微音、陈代等,江苏苏州人,作家。20世纪20年代至30年代,在《洪水》《大众文艺》《民国日报·觉悟》《语丝》《文友》等报刊上发表文章,1932年一度担任新月书店经理,著有《花厅夫人》等。本文原载林微音《散文七辑》,上海绿社出版社1937年出版。

图 55 虹口三角地小菜场
(原载《联益之友》1929 年第 126 期)

旋好了毛的鸡一只只地，一层层地，一堆堆地叠得很高，而且有的还在高起来。叠是叠得很整齐的，有的鸡的头全向着左，有的全向着右，望上去仿佛是一幅图案画。而命运还没有告终结的鸡，一箩箩地给按放在人行道的一旁，有的还在雄赳赳地啼着。

鱼，在一只只的筐中，被挤得只想往上面跳。虽然跳了上来又是落下去，它们总在从那挤着的一群不息地跳着，仿佛跳一跳，至少，总可透了一口气似的。

出售俄罗斯的面包，生菜和杂货的小屋的排门也已给卸除着。而在它的两旁是出售中国的面包和杂货的小屋。

日本的豆腐在给用绿色的纸一块块包起来，而中国的豆腐和百叶之类也已排满在一块块的搁板上。

鲜花摊就设置在人行道的旁边；略进去是水果摊。蔬菜摊虽然在楼下并不是全然没有，而它的主要的市场是在二楼，因为二楼的全部都是出售蔬菜的。

蔬菜的种类是最复杂的，只就萝卜一项说，就有红的、黄的、白的、绿的、青的、蓝的、紫的等颜色不一的种类。

来购备小菜的人也已在陆续地前来。可是虽然来得似乎有些急忙,来了却又似乎很安闲。有的人挟了一支大秤,离得小菜场远远的,独自站在马路的中心。看他的样子,或者是在想他的上夜的未了的悲欢事,或者是在要他自己快快决定究竟要购备些什么。

还有更安闲的人是在三楼。在三楼的所有的摊都是出售食物的,从中西大菜、家常便饭,到油条、豆腐浆。那更安闲的人就会在这个或者那个他所坐熟的摊上坐。他的篮和秤搁在他所坐的长凳的一端,而在他的前面是四两五茄皮和一碟炒年糕,这既可作为下酒的菜,又是一天的最早的,而且是最舒适的一餐。在他刚才起身的时候,也许他抱怨过人生的无味,那样天还没有亮地就起身,可是到了这时,他又会觉得人生终究不是全然没有意义的。

天亮了,小菜场中的灯也全已熄了,购备菜的人也在开始购备菜了。他用这一扣折子到这一个摊上去拿一些这个,又用那一扣折子到那一个摊上去拿一些那个。最后是一黄包车,或者一小车地回去。

万国商团的卡车也到了,从车上跳下了两三个人,去选取他们所要的,继而来了西洋的主妇和日本的厨女。最后是中国的女佣,有的还随同她们的太太们在一起。于是虹口小菜场到了它的一天的最高点。

三,四

城隍庙的书市

阿 英[1]

熟悉上海掌故的人,大概都知道城隍庙是中国的城隍,外国的资本。城隍庙是外国人拿出钱来建筑,而让中国人去烧香敬佛。到那里去的人,每天总是很多很多,目的也各自不同。有的带了子女,买了香烛,到菩萨面前求财乞福。有的却因为那里是一个百货杂陈,价钱特别公道的地方,去买便宜货。还有的,可说是闲得无聊,跑去散散心,喝喝茶,抽抽烟,吃吃瓜子。至于外国人,当然也要去,特别是初到中国来的;他们要在这里考察中国老百姓的风俗习惯,也是要看看他们在中国所施

---

[1] 阿英(1900—1977),原名钱杏邨,笔名魏如晦,安徽芜湖人,作家。1927年与蒋光慈等组织太阳社,编辑《太阳月刊》。1930年任中国左翼作家联盟常委,后任中国文化总同盟常委。1937年后曾主编《救亡日报》。1941年主编《江淮文化》《新知识》。著有《义冢》《夜航集》《李闯王》《晚清小说史》等。本文原载《现代》1934年第4卷第4期。

与的成果。所以,当芥川龙之介描写"城隍庙"的时候,特别的注意了九曲桥的乌龟,和中国人到处撒尿的神韵,很艺术的写了出来。我也常常的到城隍庙,可是我却另具一番不同于他们的目的,说典雅一点,就是到旧书铺里和旧书摊上去"访书"。

我说到城隍庙里去"访书",这多少会引起一部分人奇怪的,城隍庙那里,有什么书可访呢?这疑问,是极其有理。你从"小世界"间壁街道上走将进去,就是打九曲桥兜个圈子再进庙,然后从庙的正殿一直走出大门,除开一爿卖善书的"翼化善书局",你实在一个书角也寻不到。可是,事实没有这样简单,要是你把城隍庙的拐拐角角都找到,玩得幽深一点,你就会相信城隍庙不仅是百货杂陈的商场,也是一个文化的中心区域:有很大的古董铺、书画碑帖店、书局、书摊、说书场、画像店、书画展览会,以至于图书馆,不仅有,而且很多,而且另具一番风趣。对于这一方面,我是当然熟习的,就让我来引你们畅游一番吧。

我们从小世界说起。当你走进间壁的街道,你就得留意,那儿是第一个"横路",第一个"湾"。遇到"湾"了,不要向前,你首先向左边转去,这就到了一条"鸟市";"鸟市"是以卖鸟为主,卖金鱼,卖狗,以至于卖乌龟为副业的街。你闲闲的走去,听听美丽的鸟的歌声,鹦哥的学舌,北方口音和上海口音的论价还钱,同时留意两旁,那么,你稳会发现一家东倒西歪的,叫做"饱墨斋"的旧书铺。走进店,左壁堆的是一直抵到楼板的经史子集;右壁是东西洋的典籍,以至于广告簿;靠后面,则是些中国旧杂书;二十年来的杂志书报,和许多重要不重要的文献,是全放在店堂中的长台子上,这台子一直伸到门口;在门口,有一个大木箱,也放了不少的书,上面插着纸签——"每册五分"。你要搜集一点材料吗?那么,你可以耐下性子,先在这里面翻;经过相当的时间,也许可以翻到你中意的,定价很高的,甚至访求了许多年而得不着的,自然,有时你也会化了若干时间,弄得一手脏,而毫无结果。可是,你不会吃亏。在这"翻"的过程中,可以看到不曾见到听到的许多图书杂志,会像过眼烟云似的温习现代史的许多断片。翻书本已是一种乐趣,而况还有一些意想不到的收获呢?中意的书已经拿起了,你别忙付钱,再去找台子上的,那里多的是整套头的书,

《创造月刊》合订本啦,第一卷的《东方杂志》全年啦,《俄国戏曲集》啦,只要你机会好,有价值的总可以碰到,或者把你残缺的杂志配全。以后你再向各地方,书架上,角落里,桌肚里,一切你认为有注意必要的所在,去翻检一回,掌柜的决不会有什么误会和不高兴。最后耗费在这里的时间,就是讲价钱了,城隍庙的定价是靠不住的,他"漫天开价",你一定要"就地还钱",慢慢的和他们"推敲"。要是你没有中意的,虽然在这里翻了很久,一点不碍的,你尽可扑扑身上的灰,很自然的走开,掌柜有时还会笑嘻嘻的送你到大门口。

在旧书店里,徒徒的在翻书上用工夫,是不够的,因为他们的书不一定放在外面。你要问:"老板,你们某一种书有吗?"掌柜的是记得清自己书的,如果有,他会去寻出来给你看。要是没有,你也可以委托他寻访,留个通信处给他。不过,我说的是指的新书,要是好的板本,甚至于少见的旧木板书,那就要劝你大可不必。因为藏在他们架上的木板书虽也不少,好的却百不得一。收进的时候,并不是没有好书,这些好书,一进门就全被三四马路和他们有关系的旧书店老板挑选了去,标上极大的价钱卖出,很少有你的份。这没有什么奇怪,正和内地的经济集中上海一样,是必然的。但偶尔也有例外。说一件往事吧,有一回,我在四马路受古书店看到了六册残本的《古学汇刊》,里面有一部分我很想看看,开价竟是实价十四元,原定价只有三元,当然我不会买。到了饱墨斋,我问店伙:"《古学汇刊》有吗?"他想了半天,起了似乎有这部书的意念,跑进去找,竟从灶角落里找了二十多册来,差不多是全部的了。他笑嘻嘻的说:"本来是全的,我们以为没有用,扔在地下,烂掉几本,给丢了。"最后讲价,是两毛钱一本。这两毛一本的书,到了三四马路,马上就会变成两块半以上,真是有些恶气。不过这种机会,是毕竟不多的。

带住闲话吧。从饱墨斋出来,你可以回到那个"湾"的所在,向右边转。这似乎是条"死路",一面是墙,只有一面有几家小店,巷子也不过两尺来宽。你别看不起,这其间竟有两家是书铺,叫做"葆光"的一家,还是城隍庙书店的老祖宗,有十几年悠长的历史呢。第一家是"菊舲书店",主要的是卖旧西书和旧的新文化书,木板书偶而也有几部。这书店很小,只有一个兼充店伙的掌柜,书是散乱不整。但是,你得尊重这个掌柜的,在我的经历中,在城隍庙书市内,只有他是最典型,最有学术修养的。这也是说,你在他手里,不容易买到贱价书,他识货。这个人很喜欢发议论,只要引起他的话头,他会滔滔不绝的发表他的意见。譬如有一回,我拿起一部合订本的《新潮》一卷,"老板,卖几多钱?"他翻翻书,"一只洋"。我说:"旧杂志也要卖这大价钱吗?"于是他发议论了:"旧杂志,都是绝版的了,应该比新书的价钱卖得更高呢。这些书,老实说,要买的人,我就要三块钱,他也得挺着胸脯来买;不要的,我就要两只角子,他也不会要,一块钱,还能说贵么?你别当我不懂,只有那些墨者黑也的人,才会把有价值的书当报纸卖。"争执了很久,还是一块钱买了。在包书的时候,他又忍不住的开起口来:"肯跑旧书店的人,总是有希望的,那些没有希望的,只会跑大光明,哪里想到什么旧书铺。"近来他的论调却转换了,他似乎有些伤感。这个中年人,你去买一回书,他至少会重复向你说两回:"唉!隔壁的葆光关了,这真是可惜!有这样长历史的书店,掌柜的又勤勤恳恳,还是支持不下去。这个年头,真是百业凋零,什么生意都不能做！不景气,可惜,可惜!"言下总是不胜感伤之至,一脸的忧郁,声调也很凄楚。当我听到"不景气"的时候,我真有点吃惊,但马上就明白了,因为在他的账桌上,翻开了的,是一本社会科学书,他不仅是一个会做生意的掌柜,而且还是一个孜孜不倦的学者呢！于是,我感到这位掌柜,真仿佛是现代《儒林外史》里的异人了。

听了菊龄书店掌柜的话,你多少有些怅惘吧！至少,经过间壁葆光的时候,你会稍稍的停留,对着上了板门而招牌仍在的这惨败者,发出一些静默的同情。由此向前,就到了九曲桥边。这里,有大批的劣货在叫卖,有业"西洋景"的山东老乡,把裸体女人放出一半,摇着手里的板铃,高声的叫"看活的",来招诱观众。你可以一路看,一路听,走过那有名的九曲桥,折向左,跑过六个铜子一看的怪人把戏场,一直向前,碰壁转湾——如果你不碰壁就转湾,你会走到庙里去的。转过湾,你就会有"柳暗花明"之感了。先呈现到你眼帘里的,会是几家镜框店,最末一家,是发卖字画古董书籍的"梦月斋"。你想碰碰古书,不妨走进去一看,不然,是不必停留的。沿路向右转,再通过一家规模宏大的旧书店,一样的没有什么好版本稀有的书的店,跑到"护龙桥"再停下来。"护龙桥",提起这个名字,会使你想到苏州的"护龙街"。在"护龙街",我们可以看到一街的旧书店,"存古斋"啦,"艺芸阁"啦,"欣赏斋"啦,"来青阁"啦,"适存斋"啦,"文学山房"啦,以及其他的书店,刻字店。"护龙桥",也是一样,无论是桥上桥下,桥左桥右,桥前桥后,也都是些书店,古玩店,刻字店。所不同于"护龙街"者,就是在"护龙街",多的是"店",而"护龙桥"多的是"摊";"护龙街"多的是"古籍","护龙桥"多的是新书;"护龙街"来往的,大都是些"达官贵人",在护龙桥搜书的,不免是"平民小子";"护龙街"是贵族的,"护龙桥"却是平民的。

现在,就以"护龙桥"为中心,从桥上的书摊说下去吧。这座桥的建筑形式,和一般的石桥一样,是弓形的,桥下面流着污浊的水。桥上卖书的大"地摊",因此,也就成了弓形。一个个盛洋烛火油的箱子,一个靠一个,贴着桥的石栏放着,里面满满的塞着新的书籍和杂志,放不下的就散乱的堆铺在地下。每到吃午饭的时候,这类的摊子就摆出了,三个铜子一本,两毛小洋一扎,贵重成套的有时也会卖到一元二元。在这里,你一样的要耐着性子,如果你穿着长袍,可以将它兜到腰际,蹲下来,一本一本的翻。这种摊子,有时也颇多新书,同一种可以有十册以上。以前,有一个时期,充满着《真美善》的出版物,最近去的一次,却看到大批的《地泉》和《最后的一天》了,这些书都是崭新的,你可以用最低的价钱买了下来。比"地摊"高一级的,是"板摊",用两块门板,上面放书,底下衬两张小矮凳,买书的人只要弯下腰就能检书。这样的"板摊",你打护龙桥走过去,可以看到三四处;这些"摊",一样的以卖新杂志为主,也还有些日文书。一部日本的一元书,两毛线可以买到,一部《未名》的合订本,也只要两毛钱;《小说月报》,三五分钱可以买到一本;这里面,也有很好的社会科学书,历史的资料。我曾经用十个铜子在这里买了两部绝版的书籍:《五四》和《天津事变》,文学书是更多的。这里不像"地摊",没有多少价钱好还。和这样的摊对立的,是测字摊,紧接着测字摊,就有五家的"小书铺"。所谓"小书铺",是并没有正式门面,只是用木板就河栏钉隔起来的五六尺见方、高约一丈的"隔间"。这几家,有的有招牌,有的根本

图 56　马路旁的书摊
（原载《大众画报》1934 年第 13 期）

没有，里面有书架，有贵重的书，主要的是卖西书。不过这种人家，无论西书抑是中籍，开价总是很高，"商务""中华""开明"等大书店的出版物，照定价打上四折，是顶道地，你想再公道，是办不到的；杂志都移到"板摊"上卖，这里很难见到。我每次也要跑进去看看，但除非是绝对不可少的书籍，在这里买的时候是很少的。这样书铺的对面，是两三家的碑帖铺，我与碑帖无缘，可说是很少来往。在"护龙桥"以至于城隍庙的书区里，这一带是最平民的了。他们一点也不像三四马路的有些旧书铺，注意你的衣冠是否齐楚，而且你只要腰里有一毛钱，就可以带三两本书回去，做一回"顾客"；不知道只晓得上海繁华的文人学士，也曾想到在这里有适应于穷小子的知识欲的书市否？无钱买书，而常常在书店里背手对着书籍封面神往，遭店伙轻蔑的冷眼的青年们，需要看书么？若没有图书馆可去，或者需要最近出版的，就请多跑点路，在星期休假的时候，到这里来走走吧。

由此向前，沿着石栏向左兜转过去，门对着另一面石栏的，有一家叫做"学海书店"的比"板摊"较高级的书铺，里面有木板旧书，有科学、史学、哲学、社会科学、文学书;门外的石栏上,更放着大批的"鸳鸯蝴蝶派"的书。你也可以花一些时间,在这里面浏览浏览,找找你要买的书。不过,他们的书,是不会像摊上那么贱卖的。一部绝版的"新文学史料",你得花五毛钱才能买到,一部《海滨故人》或是《天鹅》,也只能给你打个四折。在这些地方,你还有一点要注意,如果有一本书名字对你很生疏,著作人的名字很熟习,你不要放过它。这一类的书,大概是别有道理的。外面标着郭沫若著的《文学评论》(是印成的),里面会是一本另一个人作的《新兴文学概论》;外面是黄炎植的《文学杰作选》,里面会是一部张若英的《现代文学读本》;外面是蒋光慈的什么女性的日记,里面会是一册绝不是蒋光慈著的恋爱小说;外面是一个很腐朽的名字,里面会是一部要你"雪夜闭门"读的书。至于那些脱落了封面的,你一样的要一本一本的翻,也许那里面就有你求之不得的典籍。离开这家书铺,沿店铺向右转进去,在这凹子里,又有一家叫做"粹宝斋"的店。这书店设立的不久,书也不多,有的是很少的木板旧籍,和辛亥革命初期的一些文献。木板旧籍中,也有一两部明版,但都是容易购求的;比较惹我注意的，只是一部筱古山房版的《两当轩诗钞》，然而，在数年前我早已购得了，且是棉料纸的。总之，这粹宝斋你得到到，要想买到新文学的文献，或者社会科学书，是很难以如愿的。看过这家书店，你可以重行过桥了，过桥向右折，是一个长阔的走廊，里面有一个卖杂书的"书摊"，出了"廊"，仍就回到了"梦月斋"的所在。到这时，"护龙桥"的书市，算你逛完了，但是，此行你究竟买到几册书呢？

跟着潮水一般的游客，你去逛逛城隍庙吧。各种各样的店铺，形形色色的人群，你不妨顺便的去考察一番。随着他们走进城隍庙的边门，先看看最后一进的城隍娘娘的卧室，两廊用布画像代塑佛的二殿，香烟迷漫佛像高大的正殿，虔诚进香的信男信女，看中国妇女如何敬神的外国绅士，充满了"海味"的和尚，在这里认识认识封建势力，是如何仍旧的在支配着中国的民众，想一想我们还得走过怎样艰苦的道程，才能走向我们的理想。然后，你可以走将出去，转到殿外的右手，翻一翻城隍庙唯一的把杂志书籍当报纸卖的"书摊"。这"书摊"，历史也是很长的了，是一个曲尺的形式的板架，上面堆着很多的中外杂志和书。我再劝你耐下性子,不要走马看花似的,在这里好好的翻一翻。而且在你翻的时候,你可以旁若无人的把看过的堆作一堆,要买的放在一起,马马虎虎的把检剩的堆子摊匀一下。卖书的是一个很和气的人,无论你怎么翻、怎么检,他都没有话说,只是在旁边的茶桌上和几个朋友谈天说地,直到你喊"卖书的",他才笑嘻嘻的走了过来。在还价上,你也是绝对的自由,他要十个铜子,你还他一个,也没有愠意,只是说太少。讲定了价,等到你付钱,发现缺少几个,他也没有什么,还会很客气的向你说:"你带去看好了,钱不够有什么关系,下次给我吧。"他有如此的慷慨。这里的书价是很贱,一本刚出版的三四毛钱的杂志,十个铜子就可以买了来,有时还有些手抄本、东西典籍之类。最使我不能忘的,是我曾经在这里买到一部《黄爱庞人铨的遗集》。

城隍庙的书市并不这样就完。再通过迎着正殿戏台上的图书馆的下面,从右手的门走出去,你还会看到两个"门板书摊"。这类书摊上所卖的书,和普通门板摊上的一样,石印的小说,《无锡景》《时新小调》《十二月花名》之类。如果你也注意到这一方面的出版物,你很可以在这里买几本新出的小书,看看这一类大众读物的新的倾向,从这些读物内去学习创作大众读物的经验,去决定怎样开拓这一方面的文艺新路。本来,在城隍庙正门外,靠小东门一头,还有一家旧书铺,这里面有更丰富的新旧典籍,"一二八"以后,生意萧条,支持不下,现在是改迁到老西门,另外经营教科书的生意了。如果时间还早,你有兴致,当然可以再到西门去看看那一带的旧书铺;但是我怕你办不到,经过二十几处的翻检,你的精神一定是很倦乏了……

四马路书店巡礼记

石　郎[①]

四马路是条文化之街,上海的书店都开在那里;把这些书店加以一番观察,倒也是件很有味的事。又据说近来正是一班文学作家"访问记"的年头;鄙人也想来凑凑热闹,因作简略之巡礼记。

我去四马路总是在跑马厅走去的。第一第二第三只是些贩卖旧小说等的小书店。店面装饰俗气非凡。广告虽设而等于无有,不能引人注目故也。但有一二则门口贴着《金瓶梅》的广告,我想那或者还有生意吧?门外"阿要春宫"之声不绝于耳,我觉得那些书店应该同他们去交涉,因为春宫总比《金瓶梅》等有色相些,书店的生意会无形地被抢去的,我相信。

[①] 石郎,生平不详。本文原载《出版消息》1933 年第 12 期。

图57 棋盘街的商务印书馆等书局
(原载《晨报:南京市江苏省上海市建设画报》1935年10月)

过去左手世界书局,房子高大,一如大绅士然。店里地盘宏大,除商务、中华外恐要算他第一了,进去买书甚有空洞之感,而实际上他的生意并不算坏。

旁边是同世界大相悬殊的泰东。泰东以前似乎是新文化的先锋,不知近来何以没落如此。最近似乎也没见他出过什么新书;在一堆杂乱的旧书中有一本是郭沫若标点的《西厢》,还可怜地躺着。在《创造十年》中,我们可知道那是使郭沫若非常抱恨的一本书。

北新,倒也还是老样子。我去时总爱翻那些陈列的书,买又不买。后来他们把陈列的书,用透明的洋纸包起来了,那大概是抵制像我这样揩油读者的吧。不久曾见廉价部有好许多旧的《语丝》合订本,没几天再去看时,却卖完了。这是售价便宜之故;于此也可见《语丝》魔力之大。

大东,也大得很。可惜里面的书大都不一致——譬如就文艺书一面说,他也卖沈从文、查士骥等的小说,也卖周瘦鹃、徐卓呆等的小说。再大东的地面很光滑,可跳却尔斯登舞。

华通似乎无甚起色。《新书月报》传说已停刊,但据该店店员说又"未",说"未"却不见出来,不知是何葫芦。

新中国书店小朋友书甚多。新月书店广告甚别致,也鲜明。玻璃橱内陈裸体画片一,观者甚多,却无一进去购书者;可见此广告只能招来惠"顾"(此"顾"作"看"解),不能招来生意。

现代最近大换门面。以我猜想他以前或在赚些钱。现代于各书店中算最出风头,因有女职员。依男女平权讲,用女职员原不是什么可诧之事。

最近一期《现代》的封面背后有首诗,读头上几句觉得非常美丽,仔细一看,原来是广告。为广告而写这样美丽之诗,我倒第一次看见。不知是出于那一个大编辑之手?

光华等倒还是老样。但那扇门实在太小了,现在的情形还可,假使一旦生意兴隆起来,那实有被挤掉的危险。

三书店的橱窗里倒时常有新书看见,有时也有很便宜的旧书买到。很有生气。

闻明的店员面孔很板,大都像私塾里先生一样。进去买书,实在不舒服。

商务,中华,"著无庸议"。

五、六

从南京路到福州路

徐国桢①

上海有两条著名马路,无形中都染有强烈的色彩:一条是南京路,俗名大马路,空气中所浮着的,完全是一种贵族气味,使穷人到了那里,觉得自己渺小得太可怜;一条是福州路,俗名四马路,空气中所浮着的,完全是一种非常重浊的气味,而且更有一种耳所不能闻目所不能见的骚扰与蠢动,使穷人到了那里,很容易触起追求的野心。这种现象,一到了夜里,表现得加倍真切。

南京路所代表的,是豪奢的上海,福州路所代表的,是一般的上海。逛南京路,不如逛福州路;因为,南京路万万及不上福州路一般的复杂而耐人寻思。南京路所给予我们的,差不多只有一个伟大(?),福州路所给予我

---

① 徐国桢,作家,浙江湖州人,著有《上海的研究》《上海生活》《临流》《还珠楼主论》等。本文原载《红玫瑰》1929年第5卷第25期。

们的,却是一个上海社会具体而微的真相。假使要对上海社会下一番研究,那末,这福州路是一处不可不到的地方;假使要认一认上海的豪奢面目,那末,这南京路是一处不可不到的地方。

南京路,是上海最最建筑得好的一条马路,用长方形的木块铺成,平而且滑,足以反映灯光;两旁的商店,虽然不能说完全是高大洋房,然而就装潢而言,几乎没有一家不是勾心斗角,力求美观;大百货公司,大绸缎局,大银楼灯橱窗里的陈设,五光十色,目不暇接,使人联想到他们的主顾,是怎样的华贵而骄傲;来来往往的汽车,首尾相接,自上午八九点钟起到夜里十一点钟左右的时间以内,在无论哪一段中,决不有三分钟以内看不到若干辆汽车在路上奔驰的事实。一到了夜里,两边的电灯光,照耀得这条平坦大道,似乎镜子一般的反射出闪闪光来,身入其中,宛如踏入了琉璃世界。假使你是徒步而行,而且衣衫褴褛,囊中无钱,那末,放眼看出去,不自觉的要胆小起来,更是莫名其妙的惭愧。它的现象,真是华贵庄严,使穷人们有些不敢逼视。

图58 20世纪30年代的南京路
(原载《大陆画刊》1943年第4卷第8期)

福州路的现象,就完全不同。马路当然也很平坦,可是没有这样阔,而且不是木块所筑,是条柏油路;大的商店当然也有,然而小商店却也不少;汽车当然也时有往来,然而比较要少得多。它是贵族和平民相混杂的现状,不是像南京路般的单独代表贵族阶级的。所以,它的豪奢程度虽比不上南京路,而它所代表的,却反而是整个的上海。

我们要知道:上海社会虽为贵族所独霸,然而居留其间的,却决不完全是贵族,而且,不过占其少数,其余,在普通阶级以下的苦人,谁敢说是没有?更难敢说是少于贵族?福州路是虽染有贵族色彩而同时更有平民色彩杂合在其中的,不但杂有平民色彩,而且把上海社会的病态也表现了出来。南京路只能代表上海的豪华,要知道上海的怎样豪华,在南京路上可以看得到一个大约影像;假使要推及豪华以外的去处和领略一些上海社会的病态,那末,观察福州路实是一个最简便的方法。

在福州路上,我们可以看见"有资格做贵族派交易"的大商店,也可以看见"穷主顾见了不致胆小而敢昂然直入"的小商店;我们可以看见各大菜馆中吃得酒醉菜饱的"漂亮朋友"一摇一摆的走出来,也可以看见衣不蔽体拉住了包饭作里挑饭担的人大抢残羹剩饭的"小瘪三";我们可以看见许多时髦小姐坐在车子里风一般来去,也可以看见许多下等妓女躲在屋檐下大拉客人;我们可以看见发行教科书籍的大书局,也可以看见专打六〇六包医白浊的小医室。她一方面表现出上海是豪华世界,一方面表现出上海虽是豪华世界但也不是一块绝对的乐土。

一到了上灯的时候,上海社会的病态,在福州路上,赤裸裸的暴露出来。

卖春书的,卖淫书的,都活动起来;一般以皮肉为营业的下等妓女,也一个一个纷纷陈列在马路两旁,找寻她们的主顾;一般堕落青年,呼朋引友,望马路两旁街堂里的旅馆中直攒,或者蹂躏女性,或者赌钱,或者抽鸦片,为所欲为。

有一所著名的茶楼,青莲阁,虽称茶楼,实质上是一处"性的交易所",到这时候,热闹无比,假使走上楼梯一看,那些下等妓女们的百般勾引,茶客以及茶客对于妓女的任意调笑,真是不堪入目。这些女人因受了生活问

图 59 四马路印象(户斤作)
(原载《艺风》1933 年第 1 卷第 2 期)

题的压迫,不得不装得活妖怪似的,以极低的代价供人蹂躏,还要恐怕无人顾问,不得不做出许多怪腔怪调来百般勾引,试想,何等凄惨。

这些现状,南京路是很少的。虽然不能完全免除,可是与福州路相比,真是天差地远了。

总而言之,我们走到南京路,只觉得上海真是一个好去处,非常羡慕;更由南京路走到福州路,方才知道上海也有不值得羡慕而足以流泪的去处,犹之做戏,南京路像前台,福州路像后台,前台的状态,看客们非常注意,后台如何,看客就比较要忽略一些,而且,在事实上后台的状态,自然没有前台一般的显而易见。

都市风景线

俊　逸①

前　奏

上海，有的是：一九三三型的女性脸，高脚玻璃杯，香槟酒，胭脂，年红灯流，高跟皮鞋脚，别克，福特，色克司风，苦力，洋车，瘪三，乞丐，洋行小鬼，交易所，大减价旗帜，航空奖券分销处……

再有的是：欧洲移植过来底爱多亚路，华懋饭店，国泰大剧院，都城十五层楼大厦，一万八千吨排水量的航空母舰，七八千吨的巡洋舰，麦令司皇家队伍，《璇宫艳史》的歌调……

---

① 俊逸，生平不详。本文原载《新上海》1933年第1卷第3期。

由这种大西洋海岸线的产品和都市固有的罪恶所交合,就产生下这么繁华的,三百二十万人口以上的,远东第一大商埠——上海。

西洋风光造成了这个上海,在上海的中国人死心塌地的崇拜西洋风光。但是,上海有的只是一九三三型的女性脸,欧洲移植过来的爱多亚路,于是,"老上海"对此感到厌倦,生长在都市里的人,谁愿意去欣赏都市里固有的风光。

外国人到底好,能够替在上海的中国人服务,他们晓得:上海人对都市固有的风光有些玩腻了,于是从大西洋搬运过来不少的惊奇西洋景,使都市起了一个大大的骚动。

时间是在深秋,就有三张外国新奇风景照片出现于都市线路上……

风景线之一　　鲸鱼

不知在那里弄到一条小鲸鱼,是外国轮上的外国人捕到的。

鲸鱼,虽然不会亲眼看见过,在书本子上却见得多呢,——普通的十几丈长,漆黑的,头上会喷出水来,放出来的水就和山腰里的瀑布般地——这条小小的四五丈长的鲸鱼,又是一条死的鲸鱼,本不值得为它而惊奇,不过外国人聪明,知道这可以把上海人的大拉斯麦克麦克地送到这条鲸鱼身上,由这条鲸鱼转运到这般外国人的"扑基脱"中。

于是一条小死鲸鱼在某一夜是运到上海了。

大世界对面的广场上,有的是一片沙石堆,平常只有衣服褴褛的卖艺苦力——倒是中国的山东人——在那里很费力地耍一手国术,玩一套戏法,嘴里嚷着:"诸位,在家靠父母,出外靠朋友!咱们怀着这身本领,没儿混,在这里干个买卖,诸位不要见笑,包谎点子,耍好了,有钱的,哗啦哗啦,没钱的也不要走,替俺们闹闹场子。"自有一般大众社会的人,不顾汗臭,不怕尘土飞扬,围上去看个一明二白。

但是,那条鲸鱼到上海之后,就到工部局去化了一笔钱,把那个场子租了下去,山东老是没份见了,捐上家伙往别儿混,凄然地。

外国人的手段到底好，和山东老就不同，化了好几个钱，在那个荒场上搭起一个棚，装了十几只电光灯，炭精灯，到晚上大放光明。这时候，又在上海的几家老牌报纸上，登载大幅的广告，"长五十五尺，海外硕大无朋之鲸鱼，在上海从未到过，看一看，大洋一元"。

这条广告登出后，自有好奇的，厌倦都市生活的人去巡视一下。在那荒场上，只是一条死的鲸鱼埋在泥土里，漆黑一圈，谈不到曲线，更谈不到"奇异"，和一座小的土邱一样。而且，腥臭的味儿会刺着你的鼻子，使你十分不安。

看过的人都说："不过如此而已。"于是这鲸鱼的光顾者就渐渐的少了。

那个干这买卖的外国人，一看势头不好，连忙又四出招贴墙上广告，雪白的道林纸上，画上一尾大黑鲸鱼，同时跌价号召，将票价减少四毛钱，参观一次，只需六角。每到晚上，看的人果然不少，但是，鲸鱼大不了是一条鲸鱼，不会有别的花样增加，不到几天，看的人又逐渐减少，少到每天晚上只剩十几个人。

外国人也知道随机应变，又大大的跌价一下，再减去四角,各报上,也登着"参观鲸鱼只收二角"的新闻。在晚上,大世界对面荒场上,炭精灯放出极亮的光芒,把四周的空中霓虹灯光,映射得黯然,那白布篷帐上,大书"参观大鲸鱼,票价小洋二角"几个字。一个外国胖子,面貌和劳莱哈台一样的和蔼,像船主似地服装,在那门口招徕生意,讲的是外国话,中国人听不懂,不过看他的手臂向人一扬一扬的时候,是觉得叫人进去看的意思。

两毛钱的票价,比起出一元钱减轻的多了,但是看的人仍不多,经营这条死鲸鱼的外国人,命运不济,叹着一口冷气,继山东老往别儿去,也是凄然地。

风景线之二　金刚

"金刚"是中国古代的出产品,到现在,在庙宇里还能看到,不过这种泥塑木雕的巨人在二十世纪是不时髦了,于是,西洋的"金刚"应时崛起。

"金刚"是一张外国影片,雷电华公司出品,这里的"金刚",不是云里的四大金刚,而是一个大猩猩的名字,片中叙述这只猩猩王,在纽约都市里大肆蹂躏,把人撕成片片,把高大的建筑毁坏,把一辆火车放在手里翻弄,把一个女人握在手掌里玩,和齐天大圣大闹天宫差不多。

洪荒时代之巨兽踩躏纽约

打破了全世界电影业一切的记录

千古奇观

旷世巨构

就在那鲸鱼场隔壁,南京大戏院门口的电影广告牌上,写满了这许多字,并又画上一个很凶猛的猩猩王,眼珠上镶着两盏小的绿色电灯,晚上,电力把两个猩猩王一摇一摇的牵动,眼珠里放射出凶恶的火焰,这么,却引起了路人的注意,被吸住在那个猩猩王下面不动。那戏院里的玻璃门上,吻着不少"邓禄普""发施登"阶级的人,小姐的高跟脚和少爷的大英皮底在光洁的门口阶石上滑过。

《金刚》是开映了,一切的奇兽、怪鹰、野人,都是用人工科学方法制成的,给予观众的,等于一套银幕上的魔术一样,摄影的技巧很不讲究,光线模糊到万分,中国

图 60　行将开幕之南京大戏院
（原载《上海漫画》1930 年第 95 期）

片子比它好得多呢。不过有几套玩意儿,像飞机在空中被金刚抓到,摔在地上,金刚在纽约的舞台上给人绑住,忽然用力挣脱,把几千个观众唬倒,金刚又把手伸到窗里去捉人,这种地方,曾博得很多的女太太们和小孩子注意并惊奇。

倒是真的,南京大戏院开映这张片子,一连映了将近十天,座客都很拥挤,不过女太太们多于男子。

南京大戏院如果要挣钱的话,不妨多开映类如此种的片子。

雷电华公司如果要挣钱的话,不妨多摄制些类如此种的片子。

风景线之三　马戏

一九三三年的上海,虽然患有很重大的流行性外国症,但是,都市经济,因农村衰落的愈趋尖锐,而渐露枯窘,所以呢,实际上形成"外强中干"的现象,市民的消耗量也比不上前几年那样多,所以无论一件什么玩意儿,总是卖不起钱。但是,很奇怪的,"马戏"是例外。以前,马戏不是没有来过,而售票的收入,据说都没有这次好,无疑的,马戏班子自称他们是世界上最伟大,在上海从未演过,演后不再时常来的马戏班,因之吸引着许多人去看,造成空前记录!

星期六星期日是不必说,就是星期一至星期五,也是客满,挤得不堪。一天两场,每场收入,平均每位以二元计,每场一千人左右,就得二千元,一天可得二千元的收入。啊,好生意!

大华饭店故址,伟丽宏大的建筑和土耳其皇宫式的舞厅是看不到了,麻醉死人的舞女是看不到了,红嘴唇卷头发是看不到了,这里,一百英尺高的布棚,矗立当中,四围稍微低一些,远望去,好像一座三角形的小山似地。

一条从前曾经印上不少粉香屐痕的戈登路,现在依旧停满着汽车,包车,排列成很长很长的黑线,夜深,"Garl hagenbeck"几个字在风里招展,亮晶晶的电灯照耀得满地通红,门口,外国巡捕、印度阿三和咱们贵国的吃公事饭的武装警士,挺立在秋风里。

多谢他,在场子里居然系着万国旗,而青天白日满地红两面大旗,高悬中央,这两面旗,在上海除了国庆日大商店难得挂悬一次外,其余日子是永远看不到的,而难得在这里阔别相逢,只见它领袖众旗,顾盼自雄。噫!不知何幸?得蒙德国亨堡司德林海京伯大马戏班之垂青耶!?

看台和座位,因时间匆促,不得不因陋就简,一条条薄薄的板,约莫几英分厚,横在烂腐木桩上,人走上去得动摇不定,使人不敢重一点透气,而在前面五元票的包厢里,稳固当然是稳固了,只因太接近场子,马走过去,就有尘土飞扬,直扑而来,既观奇观,又尝奇味;座位是一条狭小的木板,本色是白的,坐的日子一多,就染成了深灰色,听说看台座位,因不坚稳曾经跌死过一个人,是一个中国人,但以后,中国观众没有交涉过要戏班子里把看台改良,这可见中国人对外的客气,而象征到中国人究竟"宽洪量大"。

九点钟开始表演,最先的是音乐队,足足奏了四十五分钟,整个的表演时间二个钟头,倒被他占了三分之一,大家感到有些沉闷,但有几个德国看客,对于这种来路派的"阳春白雪",大为忻赏,不惜鼓掌以壮声势,卒因几百个中国人不附和,场子里只听到很轻微的十几下手掌声之外,不再继闻,大概是曲高和寡吧。

以后,就表演正式节目,有骆驼、马、海狗的各种走路表演,有时还参杂人的表演。这种人,把一张地毯铺在场里,一个个翻跟斗,打虎跳,丢翎子,使刁毛,总之,他们外国人的所谓艺术,在中国京戏里的扫边武生都会使的,但满场的人大大赞赏,叹为观止云。

除此之外,还有大力士的表演和跳远艺术,颇有价值,余如神马表演军事操练,训练时也非一朝一夕之功。

最后的一项神虎骑象表演,一只很小的老虎,立在庞大无朋的一只象上,那只象很驯服地听小虎的指挥,此种情形,颇似日本对我。

"夜深了",十一点钟散场走出来,有点觉得冷。回过头去,门口还是电灯光映着几个大字:

GARL HAGENBECK

东方巴黎的一角:大世界速写[①]

佚 名

一

天气渐渐的昏黯起来,仿佛张着无边的黑纱,街灯在吐出辉煌的光波,光波下,驰骋着蛇一般的汽车,在闷人的夜气层里,那东方的巴黎——上海爱多亚路和西藏路交叉的一角,浮动着一群群,一团团,男的女的,老的少的,红红绿绿,高高矮矮,各种不同的人们,虽然他们的目的不同,声形各异,但各人的面上,都明显地现露着愉快和兴奋。这其间,有公子哥儿,摩登学生,大职员,小伙计,大亨,瘪三,出卖爱情的神秘女郎,大姐,苦力……

---

① 未署名。本文原载《现象(上海)》1937年第22期。

图61 大世界游艺场
(原载《中国建筑》1936年第27期)

正像杭州钱塘江上掀起了的狂潮在汹涌,在长啸。这时候,锣鼓在响着,肉麻的曲调在唱着,在这忤乱的音波织成的交响乐里,大世界的门前,在流动着一堆堆浪一般的幽灵。

二

当你从蜂一般的人群中攒进入口时,立刻可以发现到在你眼前的墙上铺了几张凹凸的厚玻璃镜子,游客经过这里,大概都要停一停脚步,照一照自己漂亮的面容,但结果,有的蹙着眉头走了,有的哈着了嘴,表示十分满意。的确,那些镜子会使你的身体膨胀,也会使你的身体缩小,同时也会使你长起来,矮小下去,这一个神秘——其实何尝是神秘——的把戏,往往会使你自己忘了是"现代"的人。

三

从底层到五层,自东到西,各场子都开演着,京戏,绍兴戏,滩簧,歌舞,新戏,滑稽,应有尽有。总之,这些,那些,他们都像发着疯,手舞足蹈,提高了嗓子,不时的摆动着他们的身子,引人发噱,这便是他们唯一的职业。

四

如果你饿了,这里有茶馆,如果你要女人,那么随处都有,并且还有娼妓所化装的——千金小姐,女学生,只要你有钱,就可以做了你的情妇。当你没精打采坐在篱笆旁的时候,会有一种不辨是粉香或是肉香的浓烈气味攒进你的鼻管里,同时在你的背上,还会不知不觉的给人拍打,待回过头去,她早已笑着脸,忸怩着身子在你面前卖弄她的风骚。要是你羞答答的避开了她,她会更亲热的把她的手挂上了你的肩头,并且轻轻的说:"年纪轻轻,朋友要紧……"等等一类又体贴又温柔的情话。如果你的视线改向别处去,那里也站满着承接你视线的女郎,也会立刻走近到你的面前来出卖她的爱情,像这样接接连连的扮演着露天恋爱的活剧,实在只有像天堂(?)一样的都市里所专有的。

五

在四楼的一角,还有所谓最新发明的爱克司光,门前装着两双通着电流的黑色玻璃灯,一闪一烁的亮着,显露出两个骷髅,据说从一条狭弄里看去,一个美女,在灯光一亮一暗的当儿,便变为一丝不挂,假如你为好奇心所冲动,一定要去花两毛冤钱。其实这并不神秘,不过在灯光暗的时候,他们做了手脚吧啦。

六

到了夜深的一点钟,热闹的戏场,瞬时静寂下来,观众跑得精光,那些冷板凳和戏台这时却在黑暗里被人遗弃了。

光的晃动,熄了,色的飞舞,灭了,一切罪恶,都笼罩在黑暗的空气里了。待明天,狰狞的恶魔或将用钱的锁链套上了你的颈项,妖精一般的女郎或将揉碎了你这颗坚强的心!啊!明天,后天,后天的明天。

七

在这凉风习习的深夜里,大上海最繁盛的一角——爱多亚路西藏路的交叉处,一群群,一团团,男的,女的,老的,少的,胖的,瘦的,强弱黑白……各种不同的失了心的幽灵。

在沪西"俱乐部"

柯 灵①

人力车拉过沪西幽黯的街道,迎着一片辉煌,电灯牌楼底下穿进了巷口。恰像是多变的世事,这巷曲折而深邃,使陌生人着迷。因为白天下过雨,车辆轧轹中时而夹着水声,路灯下反射出一带的泥泞和积渚。我们就这样转弯抹角地到了××俱乐部。

灯光如昼,俨然戎装的白俄守卫,在门口楞起绿色眼珠,注视着面生的来客。

一进门,最先刺进听觉的是尖锐而悠长的喊声,尾音向上直窜,仿佛是一种警告,一声惊呼。楼上楼下接

---

① 柯灵(1909—2000),原名高隆任,字季琳,原籍浙江绍兴,生于广州,作家。自学成才,最初在家乡任教,1937年冬到上海,从事报刊编辑工作,并参加话剧、电影方面的活动。先后编辑过《文化街》《世纪风》《文汇报·文艺副刊》《浅草》《大美报·文艺副刊》《万象周报》等,著有《望春草》《遥夜集》《夜店》等。本文原载《宇宙风》1939年第82期。

连着宽敞的房子,屋里空空落落,除了些沙发几案,并没有多少通常的铺陈,只是每一间都有好几张"台子",人头跻跻,"群贤毕集"地正在集中心神捕捉那狡兔的运命。

"台子"有好几种,牌九,押宝,大小门,——原谅我这门外汉背不清它们的名字。每一台都摆着类似的阵势:庄家坐在上首,用烂熟的技术洗牌,砌牌,用摇曳多姿的手法撒骰子,稳重老练,恰够做元帅风度;左右两翼是台角边站着的两位大将,激昂地喊着进军的口号,每一仗胜负揭晓时做着赔钱吃钱的工作,花花绿绿一大卷,一大堆,一个宠杂的数字,不用着思索,过手就分配清楚;一边高脚椅上端坐着督阵的一位,居高临下,照顾着攻守双方的步调,有错误纠葛得听他的排解。这以外,就是站在敌对的一面,那一大群男男女女形形色色的打手了。例外的是大小门,将帅都是娘子军,一律的红唇粉靥,娇滴滴喊着"开啦——",恰像是什么神怪小说上的迷魂阵。

叫做"俱乐部",实际却是个运命的搏斗场。

你随便跑近那一张"台子",站上一刻,看看那些打手们的神态。红着脸,流着汗,氤氲的热气从额头散发,有的呆着出神,皱起眉头思索。无数焦黄的手指颤颤的抚着筹码,数着钱,盘盘算算,然后狠一横心把它们推到前面。——我想准得要有过出发上前线的经验,才理会得这一挪手时的心情。无数的眼直射着那光滑的牌背,那晶圆的骰子盒,多简单的东西,然而多诡谲,多无从捉摸!开,一声吆喝,一刹那间万籁无声,然而你听得出一种无声的音乐,心的跳跃。牌掀了,盖开了,运命又给了一次无情的判决。周围的脸相随着有了急剧的变化,一声长叹,唠叨的陈诉着委屈,皱眉的皱得更紧,狠命地吸着烟枝,卷一卷袖管,顿着脚翻悔自己的失着;幸运者却默默地享受那一分欢喜,忘记有时一注的幸运正是使自己上钩的香饵。……

空间缩小了,时间缩短了,这更显示了人生的另一面。大把金钱潮水似倏然而来悠然而去,卷到这边又涌到那边,一点一滴算起来,得多少人的血汗,多少年的辛苦,可是只要幸运不亏待你,两张牌几个点可以使你暴富。就因为这一点赌博的哲学,这里吸引了无数聪明人跟糊涂人。——我这难得光降的稀客,在牌九台上也看见了两张熟悉的脸。一位是电影公司的化妆师,一双手曾装点过多少的"优孟衣冠",这一回却痴痴的没有半点表情,让自己来充了"俱乐部"里的脸谱的一种。另一位正打败一仗,似乎很意外,骂了句什么,愤愤然反着手在台子上猛敲一下,抬起头,却看见了我,"×先生,你也来?"笑了笑,便又去准备他下一回合的"战斗"。这是一个老实的小职员,我们曾经做过同事,"八·一三"的炮声把大家浮萍似的惊散,他狼狈的逃到乡下去。我料不到再一次看见他却在这里。

上海的沦陷使许多事业凋零,却使无数投机取巧的把戏在这罪恶的沃土上开花,"俱乐部"之类的繁盛不过是万紫千红中的一朵。

黄昏时你试向愚园路散步一回,向沪西越界筑路地段兜上一个圈子,你会禁不住吃惊。几乎随处可见的是那灯饰璨然的招牌,"俱乐部""乐园""×记公司""娱乐社"等等动人的名目;还有专门臭虫似的吸取下层妇女和苦力的血汗的花会"总筒"和"分筒"。

像××俱乐部一样大规模的场所总共也有好几家,它们敞开怀抱,夜夜接待做着黄金梦的人。

健康的人生是公平的供与求,正常的义务与权利;而另一种社会里服膺的人生哲学却是冒险,是把生命作孤注,向运命打赌。上海有许多这样的伟人,他们少年时代睡的是弄堂,吃的是从包饭作学徒手里抢来的残羹和剩饭。无赖是他们的教育,亡命是他们的资本,就凭着这两宗法宝,他们在人海里打滚,施展身手。也许因为窃取人家什么东西,被抓进铁房子,受着免费食宿的优待;也许因为小小事情同人怄气打架,被打得满脸血痕,倒在地上奄奄一息;可是只要还能放出来,爬得起,他们还得勇敢的向牢狱拳械迎上去:这是磨炼,也是考验,你经得住,你自然就有出山的机会。爬起,跌倒;跌倒,爬起,他们终于赢了。一翻身瘪三变作了"大亨"。许多"俱乐部"之类的经营者就是这样的人物。——其中有一位的历史是:因为一个铜板的争执,打死了一条命,坐了几年牢,刚出来又因为打伤巡捕,重新关进去;可是再出来的时候他升了天,运命输给了他。现在他正是一个每夜几万元进出的"俱乐部"的大老板。

他们向伪组织领着执照,向日本军部纳着捐税。(这××俱乐部每天就得捐五百元,每个月一万五千!)

在沦陷区里,他们是一种繁荣市场的体面的商业。

"俱乐部"里有着周到的设备,客人来往可以用汽车接送,到了里面更可以受殷勤的招待,高贵的香烟、精细的点心和水果,中西大菜,雅片,艳丽的肉体。维持"安全"的,白俄的保镖以外,还有几十位勇武的壮汉。这些壮汉也正是未出売的"英雄",其中一部分配佩着全副的武装,手枪、步枪、机关枪和手榴弹,有如上阵的战士。他们缜密地"保护"着客人,并且像一个间谍似的,暗中调查着客人的来历和财富。徒手的就在外面四近望风,提防着一切的意外。这类活跃在沪西的"英雄"的总数,据一张亲日的英文报纸的统计,一共约有二千七百六十个,因此暗杀械斗的把戏就几乎经常的表演着;在"俱乐部"里胜利的客人,在回家途中,也就常常有着躬逢搜劫的幸运。

除开那一笔浩繁的开支,"大亨"们靠它的收入维持尊贵的地位,大批未出売的"英雄"靠它活动和驰骋,上海"市政府"把它当作生命线,还有无数跟他们一条路上的"小兄弟"每天得向它领取开销。而人们却带着金钱到那里去追求运气。

看看满座"百脉偾兴"的嘉宾,你无从悬揣那隐藏在背后的悲剧。各各带着奴隶的运命,生活的重负,用借贷的钱,典质的钱,一点一滴聚起来的血汗,或者用种种不正当的方法得来的财物,放开手,向渺茫的胜利下网,吝啬的变成慷慨,稳重的变成浮躁,运命小儿却躲在一边冷笑,在给他们恶毒的揶揄。那结果恰像落在黏性的陷沙里,眼看着渐渐下沉,却无法自拔。逃亡,下狱,服毒,跳黄浦……他们替这多难的时代制造了多少使人喟叹的资料。

可是人们还是兴冲冲的踏进那门槛去。人家全输,自己也许会赢,昨天败了也许今晚会胜。一百个不幸中间,难道碰不着一个幸运吗?

人瘠则我肥,冒险和侥倖,这正是赌博的精义,也是赌徒的哲学!

我们同行的朋友是四个,每人出股本三元。——不,是说"股本",还不如说我们对××俱乐部的赞仪,因为空着双手去参观,事实上不大方便。结果我们终于在牌九和大小门的"台子"上得到了奉献的机会。那自然是广漠中的一星微尘。

十一点钟相近,我到餐室里用点心,那老实的小职员却正在吃饭。

一头淋漓的汗,那样紧张,却又那样不可形容的疲倦。外衣卸去了搭在椅背上,露出一件破旧的白衬衫。"完了,六十块!"一见我就急急的报告了这消息,伸过一双手,翘起大拇指和小指头连连的在我胸前转动。

"你常到这里来?"我说。

有如一个孤独的夜行人,心有所感,而正为无人说话的寂寞所苦,一遇到可以开口的机会,就要尽情倾吐似的。对着我,他的话像一道春阳下解冻的瀑布,没头没脑的潺潺而下:

"整整的六十块,一个子不少。这里跑不到两个月,还不是每天必到的,已经送了将近一千块了。一个穷光蛋,那来的钱?一幢房子的顶费。算作孽!幸而战前租着一幢房子,如今顶出去也有一千多。这可是全部的家产。

"你知道我向来不爱这个,并且讨厌。我连麻将也不爱搓,从前赚的薪水可以按月十足的交到家里。谁知道怎么神差鬼使的卷到了这漩涡。起先是一个朋友常

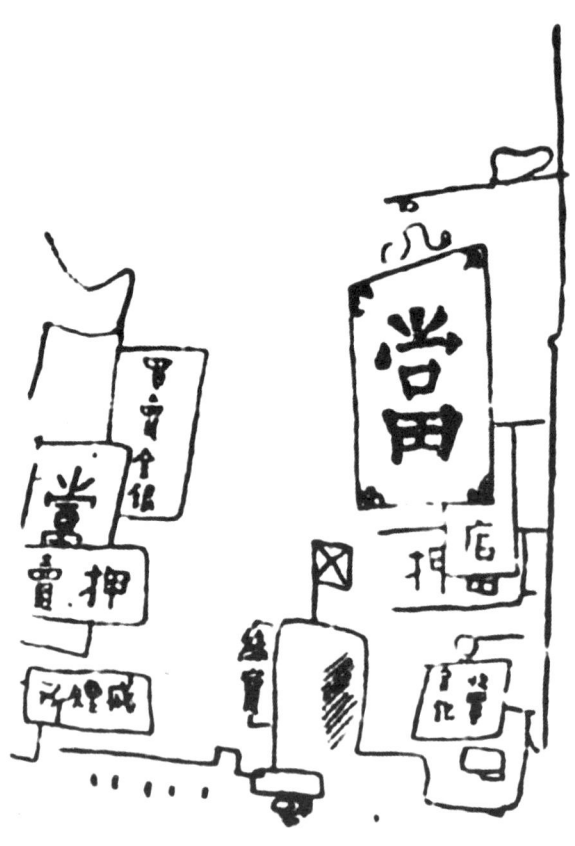

图 62 当铺
(原载窦宗淦《旅沪杂写》,《华文每日》1943 年第 11 卷第 12 期)

常走沪西,弄得神魂颠倒,他的太太急了,要我带她来找她的丈夫,找到了,朋友第二天却偷偷跑来告诉我:'别让我女的知道,今晚咱们两个一起去,有趣着呢。'就是这样开的头。来了许多天,也有输,也有赢的,只是输的总比赢的多。想翻本,就继续走下去,结果却是越陷越深。明明知道再没法翻身的了,你知道,这是永远翻不了的,可是走熟了,不由你不走。奇怪,到时候做不得主。这真是魔道!你刚才没看见坐在我对面的那一位?那个化妆师,你想必认得。他比我资格还浅,可真有劲,每天报到,风雨无阻,如今连电影公司的生意也丢了,听说他还偷了一具摄影机,变了钱到这里来。

"一千块,你想想,我这样的肩膀挑得了!我女人还莫知莫觉呢,'瞒天过海',折子在我身边。要是有一天她知道了,不知道要怎么个闹法!

"你问我作什么事?有什么好作的,这样的时势!'八·一三'抗战我带着家眷逃难,半年前才从乡下回上海来。从前的同事都散了,桂林,重庆,剩下我一个。幸亏房子租得起钱,先前几个月是靠房租维持生活;现在房子顶掉了,顶费又都送到了这里。每次都带来一大卷,回去时照例两手空空,从'台子'边站起来,庄家送你两块大洋,(他拿出两张一元的钞票晃了晃)车钱。这是场子里对客人的优待。可是这有什么用处,以后怎样呢,我连想也不敢想。

"无聊,想想真没趣味!听说重庆有朋友要回上海来,有点小场面。只希望他们来了,能够设法给我一点事情做。……"

我无从插嘴,也没法插嘴。在这错综着瞬息欢悲,倏忽成败的大剧场里,我这朋友表演的角色未免过于平凡。

托他的福,我吃的点心由他签字,可以无须付钱;回家时也跟他在一起,劳××俱乐部的汽车殷勤相送。没有他,我们这样渺小的宾客,是没有资格邀得这种特别的恩宠的。

一九三九,七,三

附录

滑稽游沪小指南

赋闲居士[①]

沪上繁华,甲于全国。各处人民,来沪游者,不胜其计。但地疏人生,辄受人愚,因成指南,以告游沪者。

小便处

初至沪上,行途中,欲觅一小便处,其为难得,但有一秘诀,凡小便处,俱有标识,系一元绪公。若见墙上有画有元绪公而墙角作深黄微绿者,则尽量排泄可也。至若墙上书有"禁止小便,如违送捕",亦请勿骇,盖此特吓人骗人之辞尔。

---

① 赋闲居士,生平不详。本文原载《新上海》1927年第2卷第6期。

野　鸡

沪上法租界,电杆木下,有妖娆之妇女,口唱来嘘、来嘘之高调,若近其身,彼则牵汝衣,拦汝路,坚邀至其家,并灌以种种之迷汤。此时切勿因情不可却而允诺之,盖此等乃梅毒农人也。

乘　车

电车有头等三等之分,人力车无之。切不可作屈死。乘人力车,为分等级,人力车,可讲价。电车每站有定价,切勿与之论价而争执车费。

公共租界电车路线表[①]

有轨电车

（第一路） 由静安寺经过南京路外滩白渡桥北四川路直达虹口公园止

（第二路） 由静安寺经过南京路外滩直达十六铺止

（第三路） 由东新桥经过浙江路新闸路直达麦根路止

（第四路） 由提篮桥经过百老汇路外滩法租界大马路霞飞路直达善钟路止

---

① 未署名。本文原载《大饭店》1933年第3期。

（第五路）（法租界电车）由北火车站经过浙江路法租界公馆马路直达老西门

（第六路）（圆路）由北火车站经过浙江路广东路外滩东熙华德路吴淞路老靶子路回北火车站止

（第七路）由提篮桥经过熙华德路外滩南京路浙江路直达北火车站止

（第八路）由杨树浦路经过百老汇路外滩直达十六铺止

（第九路）由杨树浦底直达十六铺止

无轨电车

（第十四路）由北火车站经过河南路北京路福建路直达民国路口止

（第十五路）由三洋泾桥经过江西路北京路北四川路直达海宁路乍浦路止

（第十六路）由曹家渡经过戈登路麦根路爱文义路北京路江西路直达民国路

（第十七路）由兰路经过华德路塘山路虹口小菜

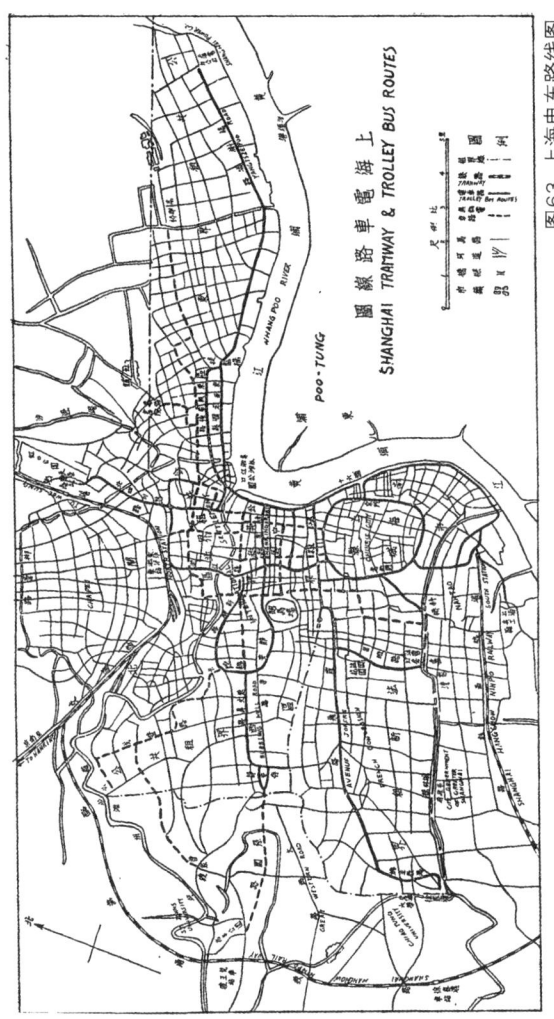

图63 上海电车路线图
(原载《电工》1937年第8卷第2期)

场天潼路四川路江西路福州路直达大世界止

（第十八路） 由昆明路经过塘山路虹口小菜场海宁路西藏路大世界法租界菜市路直达斜桥止

（第十九路） 由小沙渡经过戈登路麦根路爱文义路北京路江西路直达民国路口止

（第二十路） 由静安寺经过愚园路直达兆丰花园门口止

车资概售铜元，如以双毫银元付给，作铜元四十枚，辅币券每角作铜元二十四枚，余照类推，旅客请注意之。

（每日车行时刻）晨五时至夜十一时止。

后　记

这本书，让我结下许多缘分。编这本书，是张元卿兄的提议。与元卿兄结识，是在南京读书的时候。在当年的几次读书会后，我们交往渐多，每次都有很多话题，即便毕业了，也未断了联系。发掘地方的历史，元卿兄远比我执着，并且有罕见的行动力。我过往的经历与研究，与上海几乎没有交集，若非元卿兄，自然不敢去编上海的游记。过年前后，我开始正式触摸上海。最紧要的，是文献的搜集，与当行的研究者相比，我仿佛身处荒漠之中，感谢元卿兄、杨京京师妹的援手，得以涉猎那些尘封的报刊。整理的工作也很是紧张，感谢我教过的一群可爱的学生，在忙碌的课业中慷慨地助我一臂之力。此外，封面的题名，丁帆老师给了热情而妥帖的建议，并几易其稿，均让我分外感动。

对于上海,我仿佛是一个白相上海的乡下人,莽撞而幼稚。但因为这本小书,我与上海开始结缘,也是让人愉快的事吧。

冯仰操
四月七日于彭城文昌山下